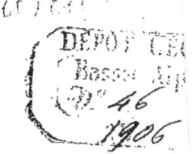

ARMORIAL GÉNÉRAL
DE FRANCE

RECUEIL OFFICIEL
DRESSÉ EN VERTU DE L'ÉDIT DE 1696

PAR

CHARLES D'HOZIER

PUBLIÉ PAR

Saint-Marcel EYSSERIC

PROVENCE

GÉNÉRALITÉ D'AIX

SÉNÉCHAUSSÉE DE SISTERON

SISTERON
IMPRIMERIE ABEL ALLEMAND
RUE DROITE, 52

1905

Imprimé
pour
LE DÉPOT LÉGAL

ARMORIAL GÉNÉRAL DE FRANCE

GÉNÉRALITÉ D'AIX

SÉNÉCHAUSSÉE DE SISTERON

ARMORIAL GÉNÉRAL DE FRANCE

GÉNÉRALITÉ D'AIX

SÉNÉCHAUSSÉE DE SISTERON

ARMORIAL GÉNÉRAL
DE FRANCE

RECUEIL OFFICIEL

DRESSÉ EN VERTU DE L'ÉDIT DE 1696

PAR

CHARLES D'HOZIER

PUBLIÉ PAR

Saint-Marcel EYSSERIC

PROVENCE

GÉNÉRALITÉ D'AIX

SÉNÉCHAUSSÉE DE SISTERON

SISTERON

IMPRIMERIE ABEL ALLEMAND

RUE DROITE, 52

—

1905

ARMORIAL DES BASSES-ALPES

SÉNÉCHAUSSÉE DE SISTERON

Tout incomplet qu'il soit et malgré les erreurs nombreuses qu'il renferme, l'*Armorial Général de France*, connu aussi sous le nom d'*Armorial Manuscrit de d'Hozier*, est le seul recueil, présentant un caractère officiel, où se trouvent, indépendamment des Armoiries des familles nobles, celles de beaucoup de familles bourgeoises, celles des Villes et de la plupart des Communautés tant civiles que religieuses.

En ce qui concerne la partie de la Provence, dont nous nous occupons, il serait difficile de trouver, ailleurs que dans ce recueil, les Armoiries des familles bourgeoises, et celles des Communes du Département des Basses-Alpes, à l'exception toutefois de celles des Villes qui avaient entrée aux États.

Sous le nom d'**Armorial des Basses-Alpes** nous allons donner la copie de l'*Armorial Général de France* qui, intéressant à peu de chose près la totalité des Communes formant actuellement le Département des Basses-Alpes, contient le blason des familles *nobles et bourgeoises,* celui des *Évêchés* et *Chapitres*, des *Villes* et des *Communautés,* des *Marquisats, Comtés, Vicomtés* et *Baronies* et celui des *Confréries Religieuses et Civiles* qui existaient à la fin du xviie Siècle dans les Sénéchaussées de Castellane, de Digne, de Forcalquier et de Sisteron.

L'enregistrement des Armoiries ayant eu lieu de 1697 à 1701, on ne trouve pas dans ce recueil celles des Communes de la vallée de Barcelonnette, qui dépendait à cette époque des États du Duché de Savoie, et n'a fait retour à la France qu'à la suite du traité d'Utrecht.

Il suffira de quelques notes pour indiquer les causes qui ont motivé ce recueil et faire connaître la procédure suivie pour parvenir à son exécution.

L'*Armorial Général* a été dressé en suite d'un Édit de Novembre 1696, reçu au Parlement de Paris le 26 du même mois. Louis XIV voulant « retrancher les abus qui s'étaient glissés dans le port des « Armoiries et prévenir ceux qui s'y pourraient introduire, « créa » une « grande maîtrise générale et souveraine ou depost public des Armes et « Blasons de tout le Royaume, et « ordonna » que ses Armes, celles de son « très cher et aimé fils le Dauphin, des Princes et Princesses de son « Royaume et de son sang, et généralement celles de toutes les Maisons « et Familles, comme aussi celles des Provinces, Païs d'Estats, Gouver- « nements, Villes, Terres. Seigneuries, et celles des Archeveschez, « Eveschets, Chapitres et Abbayes, Prieurés et autres Bénéfices, Com- « pagnies, Corps et Communautés, ayant droit d'Armoiries seraient « portéez ès maistrises particulières de leur ressort et Département, deux « mois après la publication des présentes, et envoyées ensuite à la « Grande Maistrise, pour, après y avoir esté reçues, estre registrées à « l'*Armorial Général*, dans les registres qui s'y tiendront dans l'ordre et « suivant la forme qui sera prescrite par le Règlement qui sera fait en « conséquence du Présent Édict. »

Pour l'exécution de cet édit, on établit au chef-lieu de chacune des Généralités, — à Aix pour la Provence, — un bureau qui centralisait les déclarations reçues — par des employés spéciaux, — au chef-lieu de chaque Sénéchaussée, soit en ce qui nous concerne, à Forcalquier, Digne, Sisteron et Castellane.

Un sieur Adrien Vannier fut chargé du soin de recueillir dans toute la France les déclarations des intéressés comme aussi de recouvrer les droits exigés pour l'enregistrement des Armoiries, et la garde de l'*Armorial de France* échut à un Provençal, Charles d'Hozier.

Vannier céda au sieur Silvy le recouvrement des droits en Provence et celui-ci eut comme commis délégués un sieur Amalric à Forcalquier et un sieur Lecler à Sisteron.

L'Édit de 1696 avait pour but la régularisation du port des Armoiries ; cependant, si nous en jugeons par ce qui s'est passé dans notre province, il ne sera pas téméraire de penser que le besoin de remplir les coffres du trésor, épuisés par de longues guerres, n'a pas été étranger à une mesure qui fournissait au fisc l'occasion de tirer un profit de la vanité humaine.

La perception des droits donna lieu à de nombreuses plaintes, amplement justifiées. Si les sous-traitants d'Adrien Vannier ont apporté peu de soins à l'exécution matérielle de leur travail, s'ils ont multiplié, comme à plaisir, les erreurs dans l'orthographe des noms, au point de les rendre souvent méconnaissables, s'ils ont fait preuve d'une trop grande fantaisie dans le choix des meubles du blason qu'ils ont attribué à nombre de familles et de communautés, il faut leur rendre cette justice que, constamment, ils se sont montrés âpres au gain, et que faussant peut être l'esprit de l'Édit, ou tout au moins l'exagérant outre mesure à leur profit, ils ont poussé à l'extrême le droit de violenter ceux qui ont tenté de se soustraire à la perception d'une taxe dont leur humble situation aurait dû les garantir.

C'est ainsi qu'à Forcalquier : « Le délégué du sieur Silvy, présup-« posant que tous les habitants de cette ville, qui ont un pain à manger, « étaient au cas de l'Édit de Sa Majesté, il les a obligés de payer un « droit d'enregistrement de leurs armoiries qu'il fait monter à 23 livres « 10 sols, ne ménageant pas les commandements. » (Délibération du Conseil de la Communauté de Forcalquier du 11 Septembre 1697).

A Sisteron, vexations de la même nature de la part du sieur Lecler, autre commis de Silvy « qui n'a pas laissé de poursuivre tous les « habitants de cette ville, soit nobles, bourgeois, avocats, notaires, « procureurs, greffiers, marchands, apothicaires, chirurgiens, muletiers, « cordonniers, chapeliers, maréchaux à forge et généralement toute sorte « d'artisans, par des exécutions violentes, leur faisant mettre des « garnisons. » (Délibération du Conseil de la Communauté de Sisteron, assemblée d'apparents du 9 octobre 1697).

La Communauté de La Brillanne, à la date du 1er Mai 1698, fit entendre des protestations de la même nature ; celle de Volonne délibéra également à ce sujet les 8 et 25 Avril et 22 Septembre 1797 ; les protestations de Salignac sont du 31 Mars 1797, et celles de Valbelle, du 11 Septembre de la même année. Ces protestations furent inutiles.

Malgré ces vexations et ces poursuites, toutes les familles ne se soumirent pas ; plusieurs parvinrent à se soustraire à l'enregistrement ; les unes parce qu'elles vivaient ignorées hors de leur province d'origine, les autres parce qu'elles étaient puissantes (1) ; des communautés civiles ou religieuses échappèrent aussi aux recherches des agents du sieur Vannier, — le couvent des Capucins, l'Abbaye de Ste–Claire, à Sisteron, — et les Armes de la Ville de Castellane, qui cependant était chef-lieu de Sénéchaussée, ne figurent pas à l'*Armorial*.

Aussi il est à peine nécessaire de dire que l'omission du nom d'une famille noble, ou l'inscription de ce nom sans qu'il soit précédé d'une particule ou suivi d'une qualification, ne prouvent rien contre la noblesse de celui qui le porte. Par contre, il est juste de reconnaître que le fait d'avoir, volontairement ou par force, acquitté le droit de vingt livres, exigé pour l'enregistrement d'une armoirie, doit être considéré comme la preuve certaine d'une honorabilité ou d'une notoriété ayant une valeur appréciable.

Les droits d'enregistrement furent fixés d'après le tarif suivant :

100 livres pour les Villes Chefs-lieux d'Évêchés ;
50 livres pour les Chapitres et quelques Confréries Religieuses;
40 livres pour les Marquisats, Comtés, Vicomtés et Baronies ;
25 livres pour les Confréries Civiles et certaines Confréries Religieuses ;
20 livres pour les Familles Nobles non titrées et pour les Familles Bourgeoises ainsi que pour les Communautés.

Les droits ainsi perçus, de 1697 à 1701, s'élevèrent à :

9505 livres pour la Sénéchaussée de Sisteron ;
10975 — — — Digne ;
11330 — — — Forcalquier ;
4290 — — — Castellane.

Les Armoiries, telles qu'elles ont été enregistrées, se divisent en plusieurs catégories :

1°. — Armoiries fournies par les intéressés et non contestées par les agents du sieur Vannier ;

(*) Jean Victor de Bellonet, Conseiller du Roi et Maire perpétuel de la ville de Forcalquier, et Jean-François Aymond, Viguier de cette Ville, refusèrent de présenter des Armoiries à l'enregistrement ; il leur en fut cependant imposé dont le meuble principal est un éléphant !

2°. — Armoiries pour l'enregistrement desquelles il fut sursis, soit parce qu'elles portaient un lis d'or sur champ d'azur et que la concession royale de ce droit n'était pas justifiée, soit parce qu'elles n'étaient pas fournies à temps ;

3°. — Armoiries réglées d'office par d'Hozier, parce qu'elles étaient présentées mal figurées ou mal expliquées ;

4°. — Armoiries imposées parce que le taxé, bien qu'ayant acquitté le droit, n'avait pas voulu en présenter.

Nous faisons précéder d'une astérique les trois dernières catégories.

Nous avons conservé l'ordre d'inscription tel qu'il existe dans les registres de d'Hozier, en supprimant toutefois les protocoles des procès-verbaux d'enregistrement, et nous avons rétabli à la place qu'elles auraient dû occuper, les Armoiries à la réception desquelles il avait été sursis pour des causes diverses ; nous avons également rectifié l'ortho-graphe des noms autant que nous l'avons pu, et désigné les Com-munautés par leur nom moderne.

Les Armoiries enregistrées de la Sénéchaussée de Sisteron com-portent 451 numéros ; elles occupent. 86 pages des volumes 1 et 11 de la Généralité de Provence ; les blasons sont dessinés dans les volumes 29 et 30 où ils remplissent 94 pages.

Sur le nombre de 451 descriptions : 179 seulement ont été présentées par les propriétaires des blasons ; 272 ont été enregistrées d'office, les titulaires, quoi qu'ayant acquitté les droits d'enregistrement, n'ayant soumis à Lecler ni explications ni figures d'Armoiries ; ce sont celles que nous avons fait précéder d'une astérique.

ARMORIAL GÉNÉRAL DE FRANCE

GÉNÉRALITÉ D'AIX

SÉNÉCHAUSSÉE DE SISTERON

*ESTAT DES ARMOIRIES DES PERSONNES ET COM-
MUNAUTEZ DÉNOMMÉES CY-APRÈS ENVOYÉES AUX
BUREAUX ESTABLIS PAR M. ADRIEN VANIER,
CHARGÉ DE L'EXÉCUTION DE L'ÉDIT DU MOIS
DE NOVEMBRE 1696, POUR ESTRE PRÉSENTÉES
A NOSSEIGNEURS LES COMMISSAIRES GÉNÉRAUX DU
CONSEIL DÉPUTEZ PAR SA MAJESTÉ PAR ARRESTZ
DES QUATRE DÉCEMBRE AUDIT AN ET VINGT-TROIS
JANVIER 1697.*

GÉNÉRALITÉ D'AIX

SISTERON

Suivant l'Ordre du Registre 1er

1. — JEAN DE GAILLARD, sr de Bellafaire, Lieutenant de Roy de la Citadelle, Ville et Viguerie de Sisteron.

D'azur, à trois fasces d'or, et un chef cousu de gueules, chargé de trois roses d'argent.

2. — JEANNE DU VIRAIL DE VALLÉE, femme de JEAN DE GAILLARD, sr de Bellafaire, Lieutenant de Roy de la Citadelle, Ville et Viguerie de Sisteron.

D'or, parti d'un trait de sable, à un demy lion de même, issant en pointe de la porte d'un demy château de sable, donjonné de deux pièces de même, le tout massonné et ouvert d'argent et mouvant de la partition.

3. — Guillaume-François GERVASY de PAUL, seigneur de Rousset.

D'azur, à un chevron d'argent, accompagné en pointe d'un croissant de même. (1)

4. — REYNAUD du SERRE, seigneur de Thèze.

D'azur, à un cerf passant d'or, et un chef d'argent, chargé de trois roses de gueules pointées de sinople.

5. — François de ROUX, seigneur de Bellafaire et Gigord [Gigors].

Coupé, au 1er d'azur à deux chevrons d'or accompagnés de trois besans d'argent, deux en chef et un en pointe, et au second d'or, à un arbre de sinople, fusté et arraché au naturel.

---

(1) Armoiries présentées par le sieur Guilheaume-François Gervasy de Paul, seigneur de Rousset.

6. — JEAN-LOUIS DE GOMBERT, écuier :

D'azur, à un lion d'or lampassé et armé de gueules; écartelé, de gueules, à un château donjonné de trois tours d'or, massonné de sable.

7. — JOSEPH DE GOMBERT, écuyer :

Porte de même.

8. — FRANÇOIS D'HUGUES, seigneur de La Motte :

D'azur, à un lion d'or lampassé et armé de gueules, chargé de trois burelles de gueules brochantes sur le tout, et surmonté de trois étoiles d'or rangées en chef.

9. — GASPARD DE LAYDET [LAIDET], écuyer :

De gueules, à une tour ouverte, pavillonnée d'or, massonnée de sable.

10. — Joseph de LAYDET [Laidet], écuyer :

Porte de même.

11. — Charles de PLESSIS, écuyer, sieur de Paris :

D'argent, à une fasce d'azur, accompagnée de trois roses de gueules, deux en chef et une en pointe.

12. — Pierre de JOUFREY, chanoine de l'Église Cathédrale de Sisteron :

D'azur, à un croissant d'argent, et un chef d'or chargé de trois molettes de sable. (1)

---

(1) Armoiries présentées par noble Pierre Joufrey, chanoine de l'Église Cathédrale de Sisteron.

13. — Jean-François de LAYDET [Laidet], bourgeois :

Porte comme cy-devant **article 9. (1)**

14. — Georges de BARDEL :

D'azur, à un serpent d'argent tortillé en rond, langué de sable, et un **chef cousu de gueules**, chargé de trois étoiles d'or. (2)

15. — Sauveur REJNAUD, receveur des deniers du Roy en la Viguerie de Sisteron :

De gueules, à un renard rampant d'or.

---

(1) Armoiries présentées par Jean-François Laidet, bourgeois de la ville de Sisteron.

(2) Armoiries présentées par noble George de Bardelle, habitant au lieu de Misson.

16. — Joseph BORRELY, seigneur en partie de Reinier [Reynier],
conseiller du Roy, commissaire aux reveues et loge-
ment des gens de guerre en la ville de Sisteron :

De gueules, à deux palmes d'or, rangées
en pal, chacune mouvante d'un croissant
d'argent. (1)

17. — Jean-Baptiste de CASTELANE [Castellane], seigneur de
Claret et du Villart en Dauphiné, et en partie de
Thouard :

Coupé, au 1er de gueules à un château
donjonné de trois tours d'or, massonné de
sable, au second d'argent, à un cœur d'azur,
party de gueules à trois fasces d'argent.

18. — Jean CHAIS :

D'azur à un chevron accompagné en chef
de deux étoiles, et en pointe d'un croissant,
le tout d'or. (2)

---

(1) Armoiries présentées par Joseph Borrely, seigneur en partie de
Reinier, conseiller du Roy et commissaire aux reveues et logementz en
ceste ville de Sisteron.
(2) Armoiries présentées par sieur Jean Chais, fils de Jean-Baptiste,
vivant advocat en la Cour.

19. — LA COMMUNAUTÉ du lieu de Barret de Liourre :

De gueules à un grand **rocher** d'argent, sur le haut duquel est basty un bourg composé d'une Église et de quelques maisons d'argent, essorées de sable. (1)

20. — BLAISE DE RIVES, maire de la ville de Sisteron :

D'azur à un sautoir d'or. (2)

21. — (✠) SCIPION DE LOMBARD, seigneur de Château-Arnoux :

D'or, à trois jombardes de sinople, tigées et feuillées de même, deux et une. (3)

---

(1) Armoiries présentées par Joseph Bourel, trésorier de Barret de Lieoure.

(2) Armoiries présentées par Blaize de Rives, maire de la ville de Sisteron, y habitant.

(3) Jombardes est là pour joubarbes.

22. — Joseph de LAIDET, de Sigoier, cy-devant chevalier de
Malthe :

Écartelé, au 1er et quatrième, party au 1er,
de gueules à un lion d'or, coupé d'azur, à
une tour d'argent, massonnée de sable, accompagnée en pointe de trois bezans d'or
mal ordonnez, au 2me de gueules à une étoile
à seize rais d'argent, chargée en cœur d'une
petite étoile de sable ; au second et troisième
grands quartiers de gueules, à une tour pavillonnée d'or, une
bande de gueules brochante sur le tout, chargée de trois lions
d'or, et sur le tout des quatre grands quartiers, de gueules, à
une tour pavillonnée d'or, massonnée de sable.

23. — La COMMUNAUTÉ du lieu d'Entrepierre [Entrepierres] :

De sinople à deux grands rochers d'argent,
mouvants l'un du flanc dextre, et l'autre du
sénestre, un bourg composé d'une église et
plusieurs maisons aussi d'argent, bâti au pied
du rocher à sénestre, et une rivière d'argent
mouvante du rocher à dextre et coulante le
long de ce bourg.

24. — La COMMUNAUTÉ du lieu de Bevons :

D'or, à un grand B capitale de sable,
adextré de quatre points de même rangés en
fasce, et sénestré de cinq points de même,
rangés aussi en fasce.

25. — LA COMMUNAUTÉ du lieu de Noyers :

De gueules, à une fasce d'argent, chargée du mot « Noyers » de sable, et accompagnée de trois étoiles d'argent, deux en chef et une en pointe. (1)

26. — NICOLAS AMÉ, conseiller du Roy, receveur du grenier à sel de Sisteron :

D'or, à trois meures au naturel deux et une, et un chef d'azur chargé de deux colombes affrontées d'argent. (2)

27. — LOUIS D'EYGLUN, docteur en médecine à Sisteron (3) :

D'or, à trois fasces de gueules, et un chef d'azur chargé d'une croisette d'argent.

---

(1) Blason présenté par Thobie Ploche, consul de Noïers.

(2) Le nom de Nicolas Amé, dans les armoiries présentées par lui, est suivi de l'indication : de Reims en Champagne.

(3) Sur la feuille présentée à Lecler le nom est écrit Deiglun.

28. — La Communauté du lieu de CLARET :

De gueules à un chateau en forme de tour donjonné de trois tourelles d'or, massonné de sable. (1)

29. — La Communauté du lieu de VAUMEILH :

D'azur, à une bande d'or, accompagnée de six roses d'argent posées en orle. (2)

30. — La Communauté du lieu de BIGNOSC [AUBIGNOSC] :

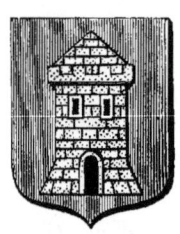

De gueules, à une tour pavillonnée d'or, massonnée de sable. (3)

---

(1) Ces armoiries sont empruntées à celles de Jean-Baptiste de Castellane, seigneur de Claret lors de l'enrégistrement.

(2) Ce blason, sauf la différence des émaux et des couleurs, rappelle celui des deux papes Clément VI et Grégoire XI dont le neveu R. de Beaufort, avec le vicomté de Valernes, a possédé la seigneurie de Vaumeilh.

(3) Jean de Laidet était seigneur d'Aubignosc. Ce sont ses armes qui ont été retenues par la commune. Le blason présenté à l'enregistrement par Joseph Bonnet était enfermé dans un ovale entouré du mot « Aubignosc » en caractères de sable.

31. — La Communauté du lieu de CHATEAUNEUF LE CHATEAU LE CHARBONNIER [CHATEAUNEUF-VAL-SAINT-DONAT, actuellement, et BEAU-VENT-DE-LURE dans la période révolutionnaire] :

De gueules, à un chateau de trois tours pavillonnées, et d'un entremur d'or, massonné de sable, accompagné de trois roses d'argent, une en chef et deux aux flancs, et en pointe d'un trèfle de même, mouvant de deux palmes d'or.

32. — La Communauté du lieu d'AUTHON :

D'azur, à une croix de Malte d'argent bordée d'or. (1)

33. — La Communauté du lieu de SALIGNAC :

De gueules, à une fleur de lis d'or surmontée d'une couronne élevée de fleurs de lis de même. (2)

---

(1) Authon dépendait de la commanderie de Malte de Gap ainsi que l'indique la croix figurant dans son blason.

(2) Ces armoiries ont été présentées à l'enregistrement par Simon Bermond, maire du lieu, inscrites dans un ovale entouré du mot «Salignac».

34. — La Communauté du lieu de PUIPIN [PEYPIN] :

De gueules, à une fasce d'argent chargée du mot « Puipin » de sable, et accompagné de trois roses d'argent, deux en chef et une en pointe.

35. — François du VIRAIL, Avocat en la Cour :

Porte comme cy-devant article 2.

36. — La Communauté du lieu de BEAUDUMENT :

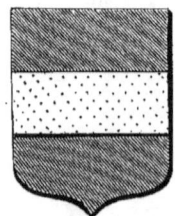

De sinople à une fasce d'or. (1)

---

(1) Blason présenté par Antoine Allivons, consul du dit lieu.

37. — LA COMMUNAUTÉ du lieu de SAINT-SINFORIEN [SAINT-SYMPHORIEN actuellement et PONT-DE-VANÇON dans la période révolutionnaire] :

De gueules, à une fasce d'argent, chargée du mot « Saint-Sinforien » de sable.

38. — LA COMMUNAUTÉ du lieu de BARCELONNETTE [BARCILONNETTE-DE-VITROLLES] : (1)

De gueules, à trois roses d'argent, deux et une.

39. — LA COMMUNAUTÉ du lieu de SOURIBES [SOURRIBES] :

De gueules, à une crosse dont le pied est entortillé de la lettre «S», adextrée en fasce d'une étoile et sénestrée d'une lune dans sa pleneur, et un soleil placé au 1er canton, le tout d'or. (2)

---

(1) La vallée de la Déoule, comprenant Barcilonnette, Esparron-de-Vitrolles et Vitrolles, a été rattachée au Département des Hautes-Alpes par une Loi du 13 Janvier 1810.

(2) L'abbaye de Saint-Pierre de Sourribes, ordre de Saint-Benoît, transférée en 1464 à Sisteron, et unie au monastère royal de Sainte-Claire de Sisteron, est restée seigneur de Sourribes jusqu'en 1750, ce qui explique la présence d'une crosse dans le blason de cette commune.

40. — Le Monastère de la VISITATION SAINTE-MARIE de la
Ville de Sisteron :

D'or, à un cœur de gueules percé de deux
flèches d'or, empennées d'argent, passées en
sautoir au travers du cœur qui est chargé
d'un nom de Jésus d'or et sommé d'une croix
de sable fichée dans l'oreille du cœur, le
tout enfermé dans une couronne d'épines de
sinople, les pointes ensanglantées de gueules.

41. — La Communauté du lieu de SÉDERON (Drôme) :

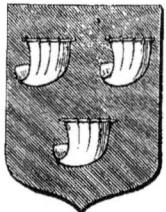

De sinople, à trois voiles enflées d'argent,
deux et une.

42. — La Communauté du lieu de SAINT-GENIES [SAINT-
GENIEZ-DE-DROMON et DROMON dans la
période révolutionnaire] :

De gueules, à une fasce d'argent, chargée
du mot «Saint-Genies» de sable, et accompagnée de trois croisettes pattées d'or, deux
en chef et une en pointe. (1)

---

(1) Ces armoiries furent présentées par Louis Bernard, consul de
Saint-Genyès.

43. — François de PAPARIN, Seigneur et Prieur de Lens :

D'azur à un chevron mi-party d'or et d'argent, accompagné en chef de deux étoiles d'or, et en pointe d'une coquille d'argent. (1)

44. — Joseph de PAPARIN, seigneur de Château-Gaillard :

Porte de même comme ci-dessus.

45. — Jean-Henry de GOMBERT, seigneur de Dromon :

Porte comme cy-devant article 6. (2)

---

(1) Il était le neveu de Pierre Paparin de Chaumont, évêque de Gap, qui habitait à la Baume, faubourg de Sisteron, et qui y est enterré avec plusieurs membres de sa famille, les Paparin de Château-Gaillard, dans l'ancien couvent des Dominicains.

(2) Le blason a été fourni par noble Jean-Henry de Gombert, seigneur de Dromon, viguerie de Sisteron.

46. — La Communauté du lieu de BELAFAIRE [BELLAFFAIRE] :

De gueules, à une fasce d'argent, chargée du mot « Belafaire » de sable, et accompagnée de trois étoiles d'argent, deux en chef et une en pointe. (1)

47. — La Communauté du lieu de VALLERNE [VALERNES] :

D'azur, à un croissant d'argent, surmonté de deux étoiles d'or posées en pal l'une sur l'autre. (2)

48. — La Communauté du lieu de SIGOYER :

De gueules, à une tour pavillonnée d'or massonnée de sable. (3)

---

(1) Armoiries présentées par Louys Juran, trésorier de Bellafaire.

(2) La terre de Valernes fut érigée en vicomté par la reine Jeanne de Naples, comtesse de Provence, en juillet 1350, en faveur de Guillaume Roger, comte de Beaufort, frère du pape Clément VI et père de Grégoire XI. — L. de Bresc, Armorial de Provence, page 300.

(3) Joseph de Laidet, ci-devant chevalier de Malte, article 22, était seigneur de Sigoyer - ce sont ses armes qui ont été adoptées par la communauté.

49 bis. — JEAN DE LAIDET, Seigneur du BIGNOSC, et ANNE DE
THIBAULD, sa femme [Thibaud de Saves] :

Écartelé, au premier et quatrième parti ;
au premier de gueules à un lion d'or, coupé
d'azur, à une tour d'argent, accompagnée en
pointe de trois besans d'or mal ordonnez ;
au second de gueules à une étoile à seize
rais d'argent ; au second et troisième grands
quartiers, de gueules, à une tour pavillonnée
d'or et une bande de gueules brochante sur le tout, chargée de trois
lionceaux d'or, et sur le tout des quatre grands quartiers de gueules, à une
tour pavillonnée d'or ; accolé de sable, à un arbre arraché d'or, et un
sautoir de gueules brochant sur le tout. (1)

50. — PIERRE DE LAIDET, Seigneur du BIGNOSC :

Écartelé, au premier parti, au premier de
gueules, à un lion d'or, coupé d'azur à une
tour d'argent accompagnée en pointe de trois
besans d'or mal ordonnez, au deuxième de
gueules, à une étoile de seize rais d'argent ;
au deuxième grand quartier de gueules, fretté
de six lances d'or entresemé d'écussons de
même, sur le tout d'azur à une fleur de lis d'or ; au troisième grand quartier, de gueules à une tour pavillonnée d'or et une bande de gueules brochante sur le tout, chargée de trois lionceaux d'or ; au quatrième de sable,
à un arbre arraché d'or et un sautoir de gueules brochant sur le tout, et
sur le tout des quatre grands quartiers, de gueules à une tour pavillonnée
d'or. (2)

---

(1) La famille de Laidet a fourni, depuis le XVᵉ siècle jusqu'à nos jours,
de nombreux consuls et maire de Sisteron, des magistrats à la cour du siège
et des militaires dont un lieutenant-général ; son dernier représentant, à Sisteron, était le capitaine Paulin de Laidet, chevalier de la Légion d'honneur, chef
de bataillon de l'armée territoriale, décédé à Sisteron le 22 janvier 1904.
(2) Il fut sursis à l'enregistrement de ces armoiries présentées par noble
Pierre de Laidet de Villeneuve, seigneur du Bignosc, à cause de la fleur de
lis d'or sur champ d'azur. L'autorisation de porter sur le tout de ses armes
un écusson d'azur chargé d'une fleur de lis d'or fut donnée par Louis XII à
Louis de Villeneuve, baron de Trans, devenu en février 1505 marquis de
Trans, qui avait été son ambassadeur à Rome.

51. — La Communauté du lieu de VALBELLE :

De gueules, à une tour crenelée d'or, massonnée et ajourée de sable, adextrée de la
lettre « L » d'or, et sénestrée de la lettre « B »
de même. (1)

52. — Joseph PELLICIER, avocat au siège de Sisteron :

D'or à trois aiguières d'azur, deux et une,
et un chef de sable, chargé d'un pélican avec
sa piété d'argent. (2)

53. — Joseph de LEIDET [LAIDET], Prieur de LESCALLE :

Écartelé, au premier et quatrième de gueules, à un lion d'or, au second de gueules, à
une étoile à seize rais d'argent, chargée en
cœur d'une petite étoile de sable, au troisième
d'azur, à une tour d'argent, massonnée de
sable, accompagnée en pointe de trois bezans
d'or mal ordonnez, et sur le tout de gueules,
à une tour pavillonnée d'or, massonnée de
sable. (3)

---

(1) Armes parlantes, Valbelle était dénommé La Tour de Bevons. Par lettres patentes du mois de février 1687, Louis XIV autorisa «son amé et féal»,
le sieur (J.-B.) de Valbelle, marquis de Tourves, à donner son nom à sa
terre de La Tour de Bevons ; c'est là un des rares exemples d'un seigneur
donnant son nom à sa terre, alors que généralement le seigneur prenait le
nom de la terre.

(2) Aiguières a été mal écrit, c'est «équerres» qu'il faut lire. Voir plus loin
l'article 194, les Pellicier devenus seigneurs d'Esparron et descendants de
Joseph Pellicier avaient des équerres dans leur blason.

(3) Armoiries présentées par noble Joseph de Leidet (sic), prieur de
l'Escalle, habitant à Sisteron.

54. — JEAN-FRANÇOIS CRUDY, avocat en la Cour :

De sable, à une teste de mort au naturel, et un chef cousu d'azur, chargé de trois roses d'argent. (1)

55. — LA COMMUNAUTÉ de CHATEAUNEUF-DE-MIRAVAIL [aujourd'hui CHATEAUNEUF - MIRAVAIL et LAUCHE - LA - GARDE sous la Terreur] :

Parti, au premier d'or à un arbre de sinople, arraché et fusté au naturel, mouvant d'un croissant d'azur ; au deuxième d'azur, à un lion d'or lampassé et armé de gueules. (2)

56. — LA COMMUNAUTÉ du lieu de MONTFORT :

De gueules à trois tours crénelées, massonnées de sable, deux en chef et une en cœur, celle-cy soutenue d'une montagne d'argent, herbée de sinople, mouvante de la pointe de l'écu.

---

(1) La famille Crudy n'est plus représentée que par M. Auguste Crudy, avocat fixé à Cahors.
(2) Dans le volume des blasons peints, on a omis de peindre en gueules la langue du lion. Cette commune dépendait jadis de Saint-Vincent et fut créée en 1665. Ses armes sont celles des Silvestre, anciens seigneurs du lieu, unies à celles des d'Arnaud, leurs ancêtres maternels et leurs prédécesseurs. Aux Silvestre succédèrent, en 1719, les Testanière, issus également des d'Arnaud. — De Bresc, Armorial des Communes de Provence, page 188.

57. — La Communauté du lieu de CHATEAU - ARNOUX
[ROCHE - ARNOUX sous la Terreur] :

D'or, à un château composé de deux hautes
tours pavillonnées, jointes par un entremur,
le tout de sable, massonné et ajouré d'argent,
adextré de la lettre « C » de sable, et sénestré
de la lettre « A » de même.

58. — La Communauté du lieu de CHATEAUFORT
[ROCHEFORT - SUR - SASSE sous la Terreur] :

D'azur, à un soleil d'or en chef, une étoile
de même en cœur, et un croissant d'argent
en pointe, l'étoile accostée des deux lettres
« C et F » d'or.

59. — La Communauté du lieu de L'ESCALE :

De gueules, à une tour quarrée d'argent,
massonnée de sable, mouvante du flanc
dextre, sur laquelle est arboré un estendart
d'or et une échelle d'argent appliquée contre
la tour.

60. — LE MARQUISAT de MISON :

D'azur, à une fasce haussée d'argent, chargée du mot « Mison » de sable, surmontée de deux roses d'argent et accompagné en pointe d'un chevron abaissé d'or, enfermant une autre rose d'argent. (1)

61. — LA COMMUNAUTÉ du lieu de NIBLES :

D'azur, à une étoile d'or.

62. — LA COMMUNAUTÉ du lieu de VOLLONNES [VOLONNE] :

De gueules, à deux lettres « V et V » en forme de deux sautoirs alaisez et entrelassez d'or, enfermant une croisette d'argent posée en cœur.

---

(1) La baronie de Mison fut érigée en marquisat par lettres patentes de février 1694, enregistrées le 10 mai suivant, en faveur de la famille d'Arnaud, dont les armes ont servi à former celles de la communauté. — De Bresc, Armorial des Communes de Provence, page 189.

63. — La Communauté du lieu de MELVE :

De gueules, à une fasce d'argent, chargée du mot «Melve» de sable, accompagnée en chef de deux étoiles d'or et en pointe d'un croissant de même.

64. — (✰) Estienne de LOMBARD, Seigneur de CHATEAU-ARNOUX et BEAUDUMENT :

Porte de même qu'à l'article 21.

65. — La Communauté du lieu de REINIER [REYNIER] :

D'azur, à une fasce d'argent, chargée du mot «Reinier» en caractères de sable, accompagnée en chef d'une étoile d'or, accostée de deux autres étoiles d'argent, et en pointe de deux croissants de même. (1)

(1) Le blason peint porte, par erreur, trois étoiles d'or en chef et en pointe un seul croissant d'argent.

66. — La Communauté du lieu de BAYONS :

D'azur, à une fasce d'argent, chargée du mot «Bayons» en caractères de sable, surmontée d'une autre fasce d'argent, et accompagnée en pointe de deux étoiles d'or. (1)

67. — La Communauté du lieu de CLAMENSANE :

De gueules, à deux croisettes pattées d'or en chef, et deux étoiles de même en chef (sic) et un cœur d'argent en cœur. (2)

68. — La Communauté du lieu de SAINT-VINCENT [VINCENT-LA-LAUZE sous la Terreur] :

D'argent à une guivre de sinople tortillée en pal, écartelé d'azur à une colombe d'argent becquée et membrée de gueules. (3)

---

(1) Armoiries de la communauté de Baions présentées par leur trésorier.

(2) Le blason peint rectifie l'erreur et donne deux étoiles en pointe.

(3) La commune a adopté les armes de la famille Fauris, Seigneur de Saint-Vincent et de Noyers.

69. — Charles ARTAUD de MONTAUBAN, conseigneur de
BARRET :

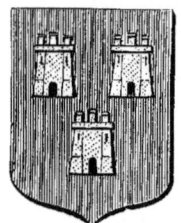

De gueules, à trois châteaux d'or, deux en
chef et un en pointe, chacun donjonné de
trois tours.

70. — La Communauté du lieu de VALLAVOIRE
[VALAVOIRE] :

De gueules, à un sautoir d'or, accompagné
de la lettre «V» d'argent au flanc dextre, et
de la lettre «L» de même au flanc sénestre.

71. — La Communauté du lieu de VENTEROL :

De gueules, à un chevron d'argent, accompagné en chef de deux étoiles d'or, et en
pointe d'un croissant de même.

72. — La Communauté du lieu de PIÉGUE [PIÉGUT] :

D'azur, à un lion d'or lampassé et armé de gueules, accompagné au côté dextre de la pointe des deux lettres «P et G» de même.

73. — François de LAIDET (1) :

Porte comme cy-devant article 9.

74. — Claude d'ORNEZAN :

D'azur, à un levrier rampant d'argent, accolé de même, bordé de sable.

---

(1) Armoiries présentées par noble François de Laidet.

75. — Joseph de ROUX :

D'azur, à une bande d'or, accompagnée en chef d'une colombe s'essorant d'argent, et en pointe d'un lion d'or. (1)

76. — Alexandre de RASTEL de ROCHEBLAVE, Seigneur de ROCHEBLAVE et VITROLLE :

De gueules, à une vergette ratelée des deux côtés d'argent, mouvante du chef et alaisée par le bas, soutenue par deux lions affrontez d'or.

77. — La Communauté du lieu de VILHOSC :

D'argent, à un arbre de sinople, fusté et arraché au naturel, mouvant d'un croissant de gueules, et accosté de deux étoiles d'azur. (2)

---

(1) Armoiries présentées par noble Joseph de Roux, habitant à Sainct-Simphorian.

(2) Les armoiries présentées par le trésorier de Vilhosc sont entourées d'un ovale autour duquel est inscrit «Villosc». Ce sont les armes de la famille de Castagny, Seigneur du lieu.

78. — La Communauté du lieu de LENS [LEMPS (Drôme)] :

De gueules à un loup d'or emportant dans sa gueule un mouton d'argent, accorné de sable.

79. — La Communauté du lieu de MALIJAY [MALIJAI] :

D'azur, à un rosier fleuri d'une rose d'argent, surmonté en chef de trois étoiles d'or mal ordonnées.

80. — François CRUDY, bourgeois de la ville de SISTERON :

Porte comme cy-devant article 54.

81. — La Communauté du lieu de THÈSE [THÈZE] :

D'azur à un cerf passant d'or, sénestré des deux lettres «T et H» d'argent, posées au second canton, et un chef d'argent, chargé de trois roses de gueules pointées de sinople. (1)

82. — La Communauté du lieu d'ESPARRON-DE-VITROLLE [ESPARRON-DE-VITROLLES] :

De sinople, à deux rochers d'argent, mouvant, l'un du flanc dextre et l'autre du flanc sénestre de l'écu, du premier sortant une rivière de même coulante en bande. (2)

83. — La Communauté du lieu de VITROLLES :

D'or, à une montagne de sinople, sommé d'un arbre de même fusté au naturel et au-dessous de la montagne une rivière d'argent coulante d'un flanc à l'autre.

---

(1) Ce sont les armes, sauf «T et H», de Reynaud du Serre, Seigneur de Thèze.

(2) Armoiries de la communauté d'Esparron-de-Vittroles, présentées par leur trésorier dans un ovale entouré des mots «Sparron-de-Vitroles».

84. — LOUIS DE SIGOIN, major de la ville et citadelle de
SISTERON :

D'azur, à une cigogne d'argent, tenant en
son bec un serpent de même.

85. — LA COMMUNAUTÉ du lieu de CURBAN [CURBANS] :

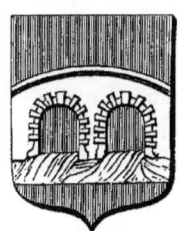

De gueules, à un pont de deux arches
d'argent, sur une rivière de même. (1)

86. — LA COMMUNAUTÉ du lieu D'URTIS :

Porte de même. (1)

---

(1) Armoiries de la famille de Pontès.

87. — La Communauté du lieu de FAUCON :

De sinople, à un bourg composé d'une église et de plusieurs maisons d'argent, essorées et ajourées de sable, sénestré d'un grand rocher d'argent, du milieu duquel sort une rivière de même, coulante entre le bourg et le rocher, et un chef d'argent, chargé du mot «Faucon» en caractères de sable. (1)

88. — La Communauté du lieu du CAIRE :

De sinople, à un bourg composé d'une église et de plusieurs maisons d'argent, essorées et ajourées de sable, sénestré d'un grand rocher d'argent, duquel sort une rivière de même, coulante entre le rocher et le bourg, et un chef d'argent, chargé de ces deux mots «Le Caire» en caractères de sable.

89. — La Communauté du lieu de GIGORS :

Coupé, au premier d'azur à deux chevrons d'or, accompagnés de trois besans d'argent, deux en chef et un en pointe, et au second d'or, à un arbre arraché de sinople, fusté au naturel. (2)

---

(1) Armoiries présentées par le trésorier de la communauté de Faucon.

(2) Armoiries de François de Roux, Seigneur de Bellaffaire et Gigors.

90. — CLAUDE LATIL, notaire royal et procureur au siège de
SISTERON :

Coupé, au premier d'azur, à un soleil d'or,
soutenu d'une fasce en devise d'argent, et au
deuxième de gueules à un lion d'or, lampassé et armé de sable. (1)

91. — LOUIS BRÉMOND-MARCELLY [BREMOND-MARCEL],
avocat en la Cour :

D'argent, à une bande de gueules, chargée
d'un lion d'or, accompagnée en chef de deux
étoiles d'azur, et en pointe d'un croissant de
même.

92. — JEAN-PIERRE LOUVET, conseiller du Roy et son procureur
en l'Hôtel-de-Ville de SISTERON :

D'or, à trois hures de sangliers arrachées,
deffendues d'argent et lampassées de gueules,
posées deux en chef et une en pointe. (2)

---

(1) Nous donnons en appendice le récépissé délivré le 1er juillet 1697, à
Claude Latil par Lecler.

(2) Jean-Pierre Louvet était fils de Pierre Louvet, auteur de l'histoire des
troubles de Provence, etc., etc.

93. — La Communauté du lieu de PEIRUIS :

D'azur, à trois étoiles d'or, deux et une, et un chef d'argent chargé des trois lettres «P P» et «P» de sable.

94. — Joseph MAYNE de ROUVIÈRES, cy-devant garde du corps du Roy dans la compagnie de Noailles :

D'azur, à trois bandes d'argent, chargées de six roses de gueules, posées, une sur la première bande, trois sur celle du milieu, et deux sur l'autre.

95. — Pierre POISSON, commissaire des vivres des armées du Roy :

D'azur, à un dauphin d'argent, nageant dans une mer de même, sa queue en haut, accosté en chef d'un soleil d'or à dextre et d'une étoile de même à senestre. (1)

---

(1) Armoiries présentées par le sieur Pierre Poisson, commissaire des vivres des armées du Roy, de Châteauneuf de Saint-Germain-en-Laye.

96. — La Communauté du lieu de MIRABEL [MIRABEAU] :

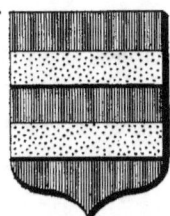

De gueules à deux fasces d'or.

97. — Le Chapitre de l'Église Cathédrale de la ville de
SISTERON :

D'azur, à une Notre-Dame couronnée, tenant sur son bras dextre l'Enfant-Jésus, qui
tient en sa main dextre élevée un rameau, le
tout d'or ; la Vierge foulant aux pieds un
serpent d'argent, langué de gueules.

98. — Jacques REINAUD, prévost de l'Église Cathédrale de la
ville de SISTERON :

De gueules, à un renard rampant d'or.

99. — JEAN DE MOURIER, Seigneur D'ESPARON-LA-BASTIDE :

D'or, à un cœur de gueules, soutenu de deux mûres au naturel, inclinées en chevron, et un chef d'azur, chargé de trois étoiles d'or.

100. — JACQUES DE GOMBERT, écuyer :

Porte comme cy-devant, article 6. (1)

101. — LA COMMUNAUTÉ du lieu de CRUIS :

D'azur, à un Saint vêtu pontificalement, la mitre en tête, tenant de sa main sénestre une crosse, et levant la main dextre comme pour donner la bénédiction, le tout d'or. (2)

---

(1) Armoiries présentées par noble Jacques de Gombert, écuyer de Sisteron. La famille de Gombert, venue à Sisteron au XIII⁰ siècle, a fourni de très nombreux magistrats municipaux ; plus de 40 de ses membres ont porté le chaperon consulaire. Elle est encore représentée, à Sisteron, par M. Louis de Gombert, propriétaire du domaine de Sainte-Euphémie, terre appartenant à sa famille, sans interruption, depuis le XIV⁰ siècle.

(2) Armoiries présentées par le trésorier du lieu, enfermées dans un ovale autour duquel est écrit «Cruis». Le saint pourrait être Saint-Martin de Tours, titulaire de l'abbaye de Cruis.

102. — LA VILLE DE SISTERON :

De gueules, à une grande « S » d'or, couronnée de même, accompagnée de deux
fleurs de lis d'or posées une à chaque flanc,
et en pointe de deux annelets de même. (1)

103. — Pierre-Isac-Louis de PONTIS, Seigneur d'URTIS :

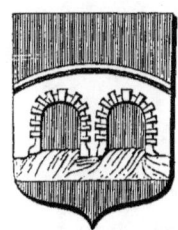

Porte comme cy-devant, article 85. (2)

89. — La Communauté du lieu de SAINT-MARY [SAINT-
MAY (Drôme)] :

De sinople, à un rocher d'argent, posé
entre deux rivières de même, mouvantes des
deux flancs de l'écu, pour s'aller joindre au-
dessous de la pointe, et sur le rocher, une
colombe s'essorante aussi d'argent, becquée
et membrée de gueules.

_____

(1) L'enregistrement a coûté à la ville de Sisteron cent soixante-deux
livres quatorze sols. (voir appendices)

(2) Armoiries présentées par noble Pierre-Isac-Louis de Pontis, Seigneur
d'Urtis.

105. — Jean de MATHERON-AMALRIC, conseigneur de
L'ESCALLE :

Parti, au premier de sable, à une voile
enflée attachée à un mat d'argent, mouvant
d'un rocher de même, et deux étoiles d'or,
une en chef et deux en cœur (sic au lieu
d'une en cœur) ; au deuxième de gueules à
trois bandes d'or.

106. — La Communauté du lieu de MALFOUGASSE
[MALLEFOUGASSE] :

D'argent, à trois arbres arrachés de
sinople, fustez au naturel, deux en chef
et un en pointe.

107. — Paul de RICHAUD, Seigneur de SERVOULES :

De gueules, à un lion passant d'or, lampassé et armé de sable, ailé d'argent et
diadémé de même, surmonté d'un croissant
d'or. (1)

---

(1) Armoiries présentées par noble Paul de Richaud, Seigneur de
Servoules.

108. — ALEXANDRE GASTAUDY, conseiller, médecin ordinaire du Roy à Sisteron : (1)

D'azur, à un chevron d'argent, accompagné en chef d'un croissant de même, accosté de deux étoiles d'or, et en pointe d'un cerf passant de même.

109. — LE MONASTÈRE DE SAINTE-URSULE de la ville de SISTERON :

D'or, à une Sainte-Ursule de carnation vêtue et couronnée en reine, tenant en sa main dextre élevée un cœur enflammé de gueules, percé en barre d'une flèche de même empennée d'argent, et la main sénestre étendue, tenant une palme d'argent. (2)

110. — LE MARQUISAT de la CHARCE (Drôme) :

De sinople, à un bourg de plusieurs maisons d'argent, ajourées de sable.

(1) Père de Jean-Baptiste Gastaudy, médecin à Avignon et professeur à l'Université de cette Ville ; auteur de nombreuses publications ; né à Sisteron, le 15 mai 1674, mort en 1747.

(2) Dans le blason peint de la Bibliothèque Nationale, le manteau de Sainte-Ursule, couronnée, est d'azur, la robe de gueules et la palme de sinople ; dans le blason que nous donnons, nous nous sommes conformés aux indications de la peinture.

III. — La Communauté du lieu de REMUSA [REMUSAT (Drôme)] :

D'azur, à une croix haussée d'or, posée sur trois degrés de même.

112. — La Communauté du lieu de CORNILLAC (Drôme) :

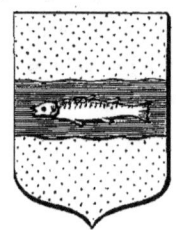

D'or, à une fasce ondée d'azur, chargée d'un poisson d'argent.

113. — Jean CASTAGNY :

D'argent, à un chastaignier arraché de sinople, fruité de même, fusté au naturel, mouvant d'un croissant de gueules, et accosté de deux étoiles d'azur.

114. — LE COUVENT DES FRÈRES MINEURS DE SAINT-
FRANÇOIS :

D'azur, à une croix haussée, pattée et au
pied fiché d'or, posée derrière deux bras
de carnation passez en sautoir, celui de
dessus nud et celui de dessous vêtu d'argent.

115. — FRANÇOIS RÉAL, bourgeois de la ville de SISTERON :

De gueules, à un lion d'or, lampassé et
armé de sable.

116. — CLAUDE DAMBRUN [DAMBRUC], marchand à
SISTERON :

D'argent, à une ancre de sable, et un chef
d'azur, chargé de trois étoiles d'or.

117. — JEAN-ANTOINE CHAIS, lieutenant général aux submissions
au siège de SISTERON :

De gueules, à un lion d'or, couronné de
même. (1)

118. — (✠) GUILLAUME CARLE, conseiller du Roy au siège de
SISTERON :

D'argent, à un lion de gueules, et un chef
d'azur, chargé de trois roses d'or.

119. — (✠) PIERRE-JEAN DE BÉRARD, conseiller du Roy au siège
de SISTERON :

D'argent, à trois roses de gueules, pointées
de sinople et boutonnées d'or, posées deux
et une.

---

(1) C'est à cette famille que se rattachait Gustave Chaix-d'Est-Ange, avocat
et jurisconsulte des plus distingués. Député de la Marne, bâtonnier de
l'ordre des avocats de Paris, Procureur général près la Cour impériale de
Paris, Vice-Président du Conseil d'État et Sénateur du second empire ; son
père avait été Procureur général près la Cour de Justice criminelle de
Reims ; son fils fut Député de la Gironde.

120. — Charles CARNIER [CURNIER], conseiller du Roy au
siège de SISTERON :

D'argent, à un arbre arraché de sinople,
fusté au naturel, et mouvant d'un croissant
de gueules, au chef cousu d'or chargé de
trois étoiles d'azur.

121. — Charles d'HEYNAUD [d'EYRAUD], conseiller, avocat du
Roy au siège de SISTERON :

D'azur, à un cœur d'argent, surmonté de
trois étoiles d'or rangées en chef, et soutenu
d'un croissant de même en pointe.

122. — (✡) Jean DURAND, marchand drapier à SISTERON :

D'azur, à une croix ancrée d'or, chargée
en cœur d'une rose de gueules.

123. — (✠) Claude DURAND, marchand drapier à SISTERON :

D'azur, à une croix endentée d'or, chargée de cinq trêfles de sinople.

124. — (✠) Louis D'ARNAUD, conseiller du Roy, lieutenant criminel au siège de SISTERON :

De gueules, à trois cygnes d'argent, becquez et membrez de sable, deux et un.

125. — Louis PAVIÉ, bourgeois de la ville de SISTERON :

Vairé d'argent et de sinople.

126. — La Communauté des CHANOINES RÉGULIERS de La
BAUME-LEZ-SISTERON, de l'Ordre de SAINT-
AUGUSTIN :

De gueules, à une colombe d'argent, posée
sur un rocher de même, et tenant en son bec
un rameau d'olivier d'or, au chef cousu
d'azur, chargé de trois étoiles d'or.

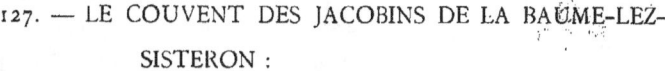

127. — LE COUVENT DES JACOBINS DE LA BAUME-LEZ-
SISTERON :

D'argent, chapé arrondi de sable, l'argent
chargé d'un chien couché de gueules, tenant
en sa gueule un flambeau de sable, allumé
de gueules, enflammant un monde d'azur,
ceintré et croisé d'or, et le sable chargé d'un
lis au naturel, et d'une palme d'or passez en
sautoir et surmontez d'une étoile aussi d'or.

128. — (✣) Noel BREMOND, marchand-négociant à SISTERON :

D'azur, à une rose d'argent.

129. — Guillaume LANTOIS, bourgeois de la ville de SISTERON :

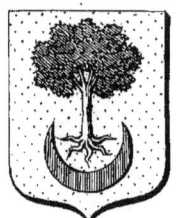

D'or, à un noyer de sinople, fusté au naturel, et mouvant d'un croissant de gueules. (1)

130. — Paul ALLÈGRE, marchand à SISTERON :

D'argent, à un rosier de sinople, les épines ensanglantées de gueules, mouvant d'un croissant de gueules, et sommé d'un pigeon s'essorant d'azur, et accosté en pointe des deux lettres P et A de sable.

131. — (✿) Joseph de GLANDEVÈS de VILLENEUVE de CLAMENSANE :

Écartelé, au 1er et 4e de gueules, fretté de six lances d'or, l'écu entresemé d'écussons de même, et sur le tout un écu d'azur, chargé d'une fleur de lis d'or ; au 2e et 3e d'or à trois fasces de gueules. (2)

---

(1) Le Père Bonaventure, de Sisteron, auteur de l'histoire de la Principauté d'Orange, appartenait à cette famille.

(2) Il fut sursis à l'enregistrement pour les mêmes motifs qui avaient retardé celui de l'article 50.

132. — (✠) Esprit RICHAUD, bourgeois de la ville de SISTERON :

De gueules, à une licorne d'argent.

133. — (✠) Louis MOUTTET, bourgeois de la ville de SISTERON :

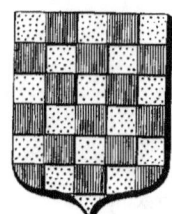

Échiqueté d'or et de gueules.

134. — (✠) Antoine VIGNES [RÉGUIS], greffier et secrétaire royal de la ville et communauté de SISTERON :

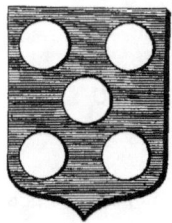

D'azur, à cinq besans d'argent, posez en sautoir. (1)

---

(1) C'est par suite d'une erreur du copiste que le nom d'Antoine Réguis est écrit Vignes ; le 11 mai 1691, vérification et enregistrement par la Cour, des lettres patentes obtenues par Antoine Réguis le nommant à l'office héréditaire de greffier, secretaire de la Ville. — Archives municipales de Sisteron, B.B., n° 57. — Antoine Réguis était encore en fonction en 1700.

135. — Michel MAUREL, notaire royal du lieu de MALIJAI :

D'argent, à un chiffre composé des lettres « M et A » capitales entrelacées de gueules, surmonté d'une étoile d'azur, et accompagné en pointe d'un chien contourné et passant de sable.

136. — Joseph ARNOUX, lieutenant de juge du lieu de MALIJAI :

De gueules, à un paon d'argent.

137. — Louis du SERRE, Prieur du lieu de MIRABEAU :

D'azur, à un lion d'or, lampassé de gueules, tenant de sa patte dextre une scie d'argent, garnie d'or, avec laquelle il prétend scier un rocher d'argent, et trois étoiles d'or rangées en chef.

138. — Jean CASTAGNI [ou CASTAGNY] :

D'argent, à un chataignier arraché de sinople, fruité de même et fusté au naturel,
accosté aux flancs de deux étoiles d'azur, et
soutenu d'un croissant de gueules.

139. — Joseph LATIL, bourgeois de NOYERS :

De gueules, à un tau dont le pied est ter-
miné en chevron d'argent, accompagné en
pointe d'une étoile d'or, et un chef cousu
d'azur, chargé de trois étoiles d'or. (1)

140. — Jean LATIL, bourgeois de la ville de SISTERON :

Porte de même, article 139.

_____

(1) Voir appendices.

141. — Gaspard CHAIX, Seigneur de LA PENNE :

D'or, à un lion d'azur, couronné, lampassé et armé de gueules.

142. — Jean RICHAUD, maître apotiquaire à SISTERON :

De gueules, à une patte d'ours coupée d'or, posée en fasce, et un chef d'argent, chargé de trois roses au naturel. (1)

143. — Jean-François GARINY, bourgeois de la ville de SISTERON :

D'azur, à une fasce d'argent, accompagnée en chef de trois étoiles d'or rangées, et en pointe d'un croissant d'argent.

---

(1) La famille Richaud, à laquelle appartenait Jean, fut anoblie en 1447, par Louis XI, que Gérenton Richaud, bucheron, avait sauvé en tuant un ours, dans la forêt de Quint, prêt à dévorer ce prince, alors Dauphin.

144. — (✠) Denis SIMON, lieutenant de juge au lieu de
VALLERNES [VALERNES] :

D'or, à un aigle de sable, becqué et membré d'or.

145. — André de ROCHEBRUN, Prieur de MALITRY
[MALIJAI] :

D'azur, à un rocher d'argent, surmonté d'une étoile d'or, et chargé d'un autre rocher de sable, qui est surmonté d'une étoile de même.

146. — Claude VINCENT, marchand à SISTERON :

D'azur, à un cœur d'argent, accompagné en chef d'un soleil d'or, accosté de deux étoiles de même, en fasce des deux lettres capitales « C. V. » aussi d'or, et en pointe d'un croissant renversé d'argent, accosté de deux besans d'or.

147. — Jean-Baptiste CHAUVIN, lieutenant de juge du lieu de
BEUVONS [BEVONS] :

De gueules, à un chevron d'or, accompagné vers le chef de deux lions affrontez de
même, soutenant de leurs premières pattes
un cœur d'argent, et en pointe de la lettre
« C » aussi d'or.

148. — André ARMAND, de CHATEAUVIEUX, avocat en la
Cour :

De gueules, à une fasce échiquetée d'argent
et d'azur de trois traits, accompagnée en
chef d'un croissant d'argent, et en pointe
d'un bœuf d'or.

149. — Jean-Claude SALVA [SALVAT], bourgeois du lieu de
MISON :

D'azur, à un cerf rampant contre un
rocher d'argent, et adextré au 1er canton
d'une étoile d'or. (1)

---

(1) Un Salvat, négociant à Marseille, né à Mison, y décédé en 1798, fut
envoyé au Maroc par Louis XV comme son ambassadeur.

150. — Louis de THOMASSIN, Évêque de SISTERON, Prince de LURS, et Conseiller du Roy en ses conseils :

D'azur, à une croix ecotée d'or, et sur le tout un écusson de sable, chargé de onze faux d'or, posées, quatre, trois et quatre. (1)

151. — Gaspard GASTINEL, Chanoine de l'Église Cathédrale de SISTERON :

D'azur, à deux étoiles en chef et un croissant en pointe, le tout d'argent. (2)

152. — Marc-Antoine COSTE, Chanoine Capistrol de l'Église Cathédrale de SISTERON :

De sinople, à un lion d'or couronné, lampassé et armé de gueules.

---

(1) Armoiries présentées par messire Louis de Thomassin, évêque de Sisteron, prince de Lurs, conseiller du Roy en ses conseils, de la branche de Thomassin, marquis de Saint-Paul.

(2) Armoiries présentées par messire Gaspar Gastinel, chanoine de l'église cathédrale de la ville de Sisteron, auteur du manuscrit souvent cité dans l'histoire de Sisteron d'Édouard de Laplane.

153. — Joseph CASTAGNY, bourgeois de la ville de SISTERON :

Porte comme cy-devant, article 138.

154. — Jean-Baptiste de CASTELLANE :

De gueules, à un château d'or donjonné de trois pièces de même, massonné de sable.

155. — Sébastien d'ABON, conseigneur de MONTFORT :

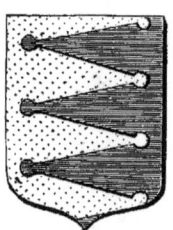

Fascé émanché de six pièces et de deux demi pièces d'azur et d'or, les extrémités arrondies. (1)

(1) Un représentant de cette famille, le colonel du génie en retraite M. d'Abon, était maire de Gap, lors du passage de Napoléon dans cette Ville, à son retour de l'île d'Elbe, le 5 mars 1815.

156. — ALEXANDRE SIACE [SIAS], médecin à SISTERON :

De gueules, à un chevron d'or, accompagné en pointe d'un pélican d'argent, et un chef cousu d'azur chargé de trois étoiles d'or. (1)

157. — (✠) CLAUDE DAMBRUN [DAMBRUC], marchand tanneur à SISTERON :

D'argent, à trois têtes de loup de sable, deux et une.

158. — JOSEPH LATIL, bourgeois de SISTERON :

Porte comme cy-devant, article 90. (2)

---

(1) Armoiries présentées par Me Alexandre Sias, médecin de la ville de Sisteron.

(2) Armoiries présentées par Joseph Latil, bourgeois de la ville de Sisteron.

159. — (✠) ESTIENNE BAUME, marchand, bourgeois de la ville
de SISTERON :

D'or, à trois grenouilles de sinople, posées
deux et une.

160. — (✠) JEAN-BAPTISTE HUGUES, marchand, bourgeois de la
ville de SISTERON :

D'or, à un lion d'azur, tenant de sa patte
dextre une croix de gueules.

161. — (✠) CLAUDE BREMOND, bourgeois de la ville de
SISTERON :

De gueules, à un lion passant d'or.

162. — (✠) Louis BONNEFOY, avocat en la Cour de Parlement :

D'azur, à un griffon d'or.

163. — Sébastien de SIGOIN, Seigneur du lieu de JARIAYE [JARJAYES] :

D'azur, à une cigogne d'argent, sur un marais au naturel. (1)

164. — Jean-Baptiste GASTINEL, bourgeois de la ville de SISTERON :

Porte comme cy-devant, article 151. (2)

---

(1) Armoiries présentées par le sieur Sébastien Sigoin, Seigneur du lieu de Jarjayes.

(2) Armoiries présentées par le sieur Jean-Baptiste Gastinel, bourgeois de la ville de Sisteron.

165. — Honoré RAVOUX, marchand à SISTERON :

D'azur, à un lion naissant d'or, lampassé de gueules, accompagné en chef de trois étoiles d'or mal ordonnées, et en pointe d'un croissant d'argent.

166. — Pierre JOURDAN, bourgeois de la ville de SISTERON :

D'azur, à une rivière d'argent, posée en fasce abaissée, surmontée de trois étoiles d'or mal ordonnées.

167. — Gaspard SIGOIN, Chanoine de l'Église Cathédrale (sic) de SISTERON :

D'azur, à une cigogne d'argent. (1)

---

(1) Armoiries présentées par messire Gaspar Sigoin, Chanoine de l'Église Cathédrale de Sisteron.

168. — (✠) Joseph ARNAUD, bourgeois de la ville de
SISTERON :

De gueules, à trois trèfles d'argent, deux
et un.

169. — Pierre-André TIRANNI, Prestre-Missionnaire, Chanoine
dans l'Église Cathédrale de SISTERON :

D'azur, à une croix de calvaire, avec la
lance et l'éponge de la Passion, passées en
sautoir, et un serpent tortillant au pied de la
croix, le tout d'or, et renfermé dans une
couronne d'épines de même, les pointes
ensanglantées de gueules. (1)

170. — La Communauté du lieu de TURRIERS :

D'azur, à une tour pavillonnée d'or,
massonnée de sable.

---

(1) Pierre-André Tiranni, né à Sisteron, le 26 juillet 1669, fils de Jean et
de Catherine de Chervas, fut l'un des fondateurs des Missionnaires de
Sainte-Garde ; sa famille, originaire de Forcalquier, était venue à Sisteron,
appelée par de Chervas, vicaire général. Jean Tiranni, son père, avait un
moulin à poudre sur le Buëch, à son confluent avec la Durance.

171. — LE CLERGÉ DU DIOCÈSE ET ÉVÊCHÉ DE SISTERON :

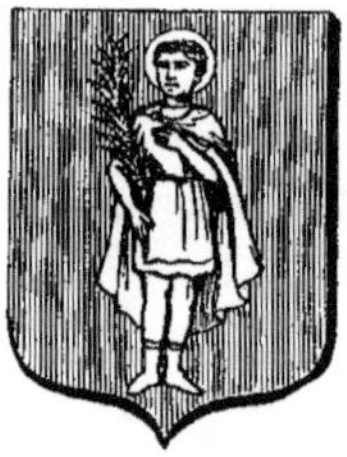

De gueules, à un Saint vêtu à la romaine, d'argent, tenant à sa main dextre une palme d'or. (1)

172. — (✡) JEAN-MATHIEU PONTOUX [BONTOUX], Chanoine Théologal en l'Église Catédrale (sic) de SISTERON :

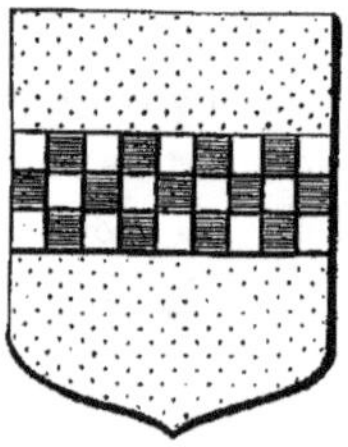

D'or, à une fasce échiquetée d'argent et d'azur de trois traits.

173. — MELCHIOR LAUGIER, Prestre, Prieur de CHATEAU-ARNOUX :

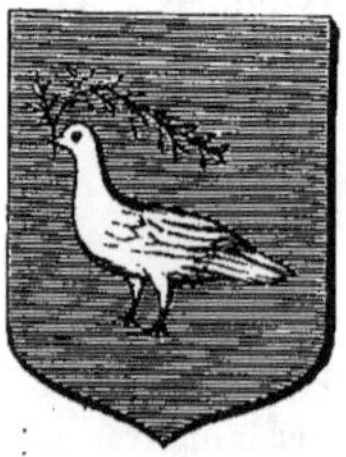

D'azur, à une colombe d'argent, tenant en son bec un rameau d'or.

(1) Saint-Tyrse, patron de la Ville et de tout le Diocèse de Sisteron.

174. — Joseph de SIGOING [SIGOIN], Avocat en la Cour :

D'azur, à une cigogne d'argent, tenant en son bec un serpent de même.

175. — Henry RICAUDY, Notaire Royal et Procureur au siège de SISTERON :

D'azur, à deux flèches d'or, ferrées et empennées d'argent, passées en sautoir, accompagnées en chef de deux étoiles d'or et en pointe d'un croissant d'argent. (1)

176. — (✠) Jean MEVOULHONS [MEVOLHON, marchand-droguiste à Sisteron :

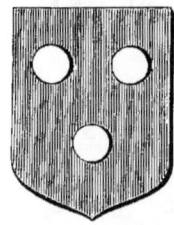

De gueules, à trois besans d'argent, deux et un. (2)

---

(1) Armoiries présentées par maître Henric Ricaudy, notaire royal et procureur au siège de Sisteron. Le contre-amiral de Ricaudi appartenait à cette famille.

(2) Le baron Mevolhon, membre de la Constituante de 1789, créé baron de l'Empire en 1810 en sa qualité de membre du Collège électoral des Basses-Alpes, appartenait à la famille de Jean Mevolhon et avait reçu les armoiries ci-contre :

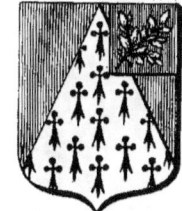

177. — (✿) Antoine FLOUR, Notaire Royal à SISTERON :

D'azur, à une croix d'argent, frettée de gueules.

178. — (✿) Gaspard CIVET, Notaire Royal et Procureur au siège de SISTERON :

D'argent, à une civette passante de sable.

179. — (✿) Claude-Joseph de BÉRARD, Bénéficier en l'Église Cathédrale de SISTERON :

D'azur, à trois coqs d'or, deux et un.

180. — (✖) Antoine BON, Notaire Royal et Procureur au siège de SISTERON :

D'or, à un chevron de sable, accompagné de trois trèfles de même.

181. — (✖) Joseph BREMOND, sieur DE VAUX, bourgeois de la ville de SISTERON [DE BERMOND, sieur DE VAULX] :

D'argent, à cinq tourteaux d'azur, posés deux, deux et un. (1)

---

(1) La famille de Bermond de Vaulx, qui a fourni plusieurs magistrats au siège de Sisteron et de nombreux consuls à la Ville, porte :

D'or, à l'ours rampant de sable, colleté d'un baudrier d'argent, soutenant une épée engainée de même.

182. — (✡) Joseph LAPLANE, bourgeois de la ville de
SISTERON :

De gueules, à un cigne d'argent. (1)

183. — (✡) Joseph PELLISSIER, Notaire Royal et Procureur au
siège de SISTERON :

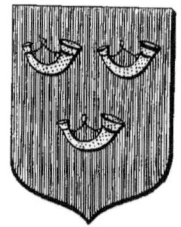

De gueules, à trois cornets d'or, deux et
un.

184. — Honoré CHAILLON [CHAILLAN ?] maître apotiquaire
à SISTERON :

De gueules, à un trêfle d'or, tigé et feuillé.

(1) Voir les notices à l'article 196.

185. — (✠) LA COMMUNAUTÉ DES HOSTES, BOULANGERS, DROGUISTES, LIBRAIRES ET CHANDELIERS de la ville de SISTERON :

De gueules, à une Notre-Dame d'argent. (1)

186. — (✠) JEAN JUQUÉE [SUQUET] marchand, bourgeois de la ville de SISTERON :

De gueules, à une croix ancrée d'argent. (2)

---

(1) Cette communauté formait la confrérie de Sainte-Marthe.

(2) La famille Suquet, originaire du comté de Nice, s'est fixée à Sisteron dans la seconde moitié du 17e siècle. Dès 1413 elle était en possession du blason suivant :

De gueules, à un lion d'or, sur une terrasse de sinople, tenant de ses premières pattes une hallebarde d'argent, et un chef cousu d'azur chargé de trois étoiles d'or.

187. — (✩) Blaise CIVET, marchand droguiste à SISTERON :

De gueules, à une civette d'argent.

188. — (✩) Jacques ALLIBERT, Notaire Royal et Procureur au siège de SISTERON :

De gueules, à un pélican d'or.

189. — (✩) Gaspard PELLICIER, bourgeois de la ville de SISTERON :

Lozangé d'argent et de sable.

190. — (✠) Lazare REYNAUD, bourgeois de la ville de SISTERON :

D'azur, à une bande d'argent.

191. — Jean de GRÉARS [GRÉAUX], marchand à SISTERON :

D'argent, à un cœur de gueules, de la bouche duquel sort un pommier de sinople, fruité de gueules, et accollé d'un serpent de sinople qui mord une de ses pommes, le tout accompagné en chef de trois étoiles rangées, de gueules, et en pointe accosté des deux lettres « G. et D. » d'azur.

192. — La Communauté des TAILLEURS, CHAPELIERS, BOUTONNIERS, PASSEMENTIERS ET TAPIS-SIERS de la ville de SISTERON : (1)

Écartelé ; au 1er de gueules, à des ciseaux ouverts en sautoir, d'argent ; au 2e d'or, à un chapeau de sable ; au 3e de sable, à un poinçon d'argent enfilant un bouton d'or ; au 4e d'or, à une frange de soie de gueules et d'argent posée en fasce alaisée, et sur le tout d'azur, à une Sainte-Luce à demy corps d'or, tenant à sa main dextre une palme de même.

_____

(1) Ils formaient la confrérie de Sainte-Luce.

193. — (✯) Jacques SAURIN, Avocat en la Cour de Parlement :

D'azur, à un chevron d'or, accompagné de trois étoiles de même.

194. — Jacques PELICIER, Médecin à SISTERON :

D'azur, à trois équerres d'or, deux et une, et un chef cousu de sable, à un pélican avec sa piété d'argent, ensanglanté de gueules.

195. — (✯) Baltazar BRÉMOND, bourgeois de la ville de SISTERON :

D'or, à trois corbeaux de sable, deux et un.

196. — JEAN-JACQUES LAPLANE, Notaire Royal et Procureur de la ville de SISTERON :

De sinople, à un chien assis d'argent. (1)

197. — (✿) La Communauté des MAITRES CORDONNIERS, PELLETIERS et TANNEURS de la ville de SISTERON [Saint-Crépin, patron] :

D'azur, à une toison d'or étendue en pal.

(1) Une des branches de la famille de Laplane, celle de l'historien de Sisteron, porte :

D'azur, à un chien passant d'argent, au chef d'argent, chargé de trois mouchetures d'hermines.

La branche aînée, qui a fourni plusieurs Consuls et Maires, porte :

D'azur à un levrier courant d'argent, au chef d'argent chargé de trois étoiles de gueules.

198. — La Communauté des **MASSONS, MENUISIERS,**
TONNELIERS, TOURNEURS, TAILLEURS DE
PIERRES, POTIERS DE TERRE et **BROQUIERS**
de la ville de SISTERON :

De gueules, à un Saint-Joseph d'or, tenant
à sa main dextre un lis de trois fleurs
d'argent. (1)

199. — Jean-Baptiste CLAMONT [CLAMENT], Notaire au lieu
de LESCALE :

De gueules, à une fasce d'argent. (2)

200. — Noel BOUGEREL, Avocat en la Cour :

D'azur, à une fasce ondée haussée d'argent,
surmontée d'une étoile d'or, et accompagnée
en pointe de deux roses d'argent, tigées et
feuillées d'or, mouvantes d'un croissant
d'argent. (3)

(1) Sous le patronage de Saint-Joseph.
(2) Armoiries présentées par Me Jean-Baptiste Clament, Notaire Royal,
habitant au lieu de Lescalle.
(3) Armoiries présentées par Mo Noël Bougerel, Advocat en la Cour,
résident à Vollonne.

201. — (✡) JEAN-FRANÇOIS AUBERT, bourgeois de la ville de SISTERON :

D'azur, à trois glands d'or, deux et un.

202. — (✡) N..... BARLET, bourgeois du lieu de LESCALES [L'ESCALE] :

D'argent, à une bande de sable, cottoyée de deux cottices de même. (1)

203. — LA COMMUNAUTÉ DES MARCHANDS DRAPIERS, MERCIERS, TOILIERS et GROSSIERS de la ville de SISTERON :

D'azur, à une Notre-Dame d'or.

(1) La famille de Barlet, aujourd'hui éteinte, qui a fourni des avocats et magistrats à la Cour d'Aix et au Tribunal de Sisteron, portait :

D'azur, à un lion d'or mouvant d'un croissant d'argent, et un chef d'argent chargé d'un cœur de gueules entre deux étoiles d'azur.

204. — JACQUES GIRAUD :

De gueules, à un trêfle d'or, tigé et feuillé de même, mouvant d'un cœur d'argent, le cœur chargé de la lettre «G» de sable.

205. — LAURENT TOUSCHE :

D'azur, à deux mains coupées d'argent, jointes en foy, et un chef d'or chargé de trois roses de gueules.

206. — (✫) HONORÉ BUCELLE, Notaire Royal et Procureur au siège de SISTERON :

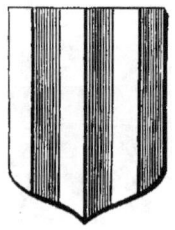

Palé d'argent et de gueules de six pièces.

207. — (✠) Antoine MARCADIÉ, bourgeois du lieu de VOULONNE [VOLONNE] :

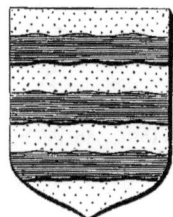

D'or, à trois fasces ondées d'azur.

208. — Gilles GAFFAREL, Prieur-Curé de VOLONNE :

D'azur, à un lion d'or, lampassé et armé de gueules, et un chef d'or, chargé d'une aigle de sable, couronnée de même, becquée et onglée de gueules.

209. — Christophe CRUDY, bourgeois du lieu de VOULLONNE [VOLONNE] :

D'argent, à un vol d'azur.

210. — JACQUES CORBON, Notaire de CHATEAUNEUF-LE-
CHARBONNIER [CHATEAUNEUF-VAL-SAINT-
DONAT] :

De gueules, à un cœur d'or, et un chef
d'argent, chargé de trois étoiles de gueules.
(1)

211. — (✩) PIERRE PELLISSIER, Notaire au lieu de SALIGNAC :

D'azur, à trois têtes de lion arrachées d'or,
posées deux et une.

212. — (✩) CLAUDE PELLISSIER, bourgeois du lieu de
SALIGNAC :

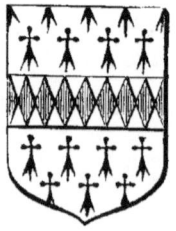

D'hermines, à une fasce fuselée de gueules.

_____

(1) Armoiries présentées par Mᵉ Jacques Corbon, notaire de Châteauneuf-
le-Charbonnier et Bignosc.

213. — (✡) Sauveur MORETTY, Notaire au lieu de VOULLONNE [VOLONNE] :

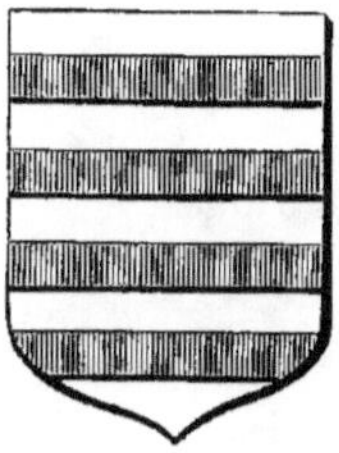

D'argent, à quatre fasces de gueules.

214. — Estienne d'EYGLUN, bourgeois de SALIGNAC :

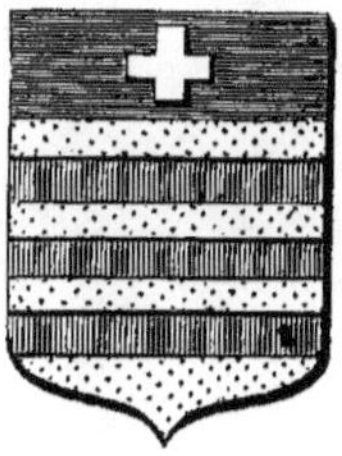

D'or, à trois fasces de gueules, et un chef d'azur, chargé d'une croisette d'argent.

215. — (✡) Pierre COQUILLAT, bourgeois du lieu de VOULLONNE [VOLONNE] :

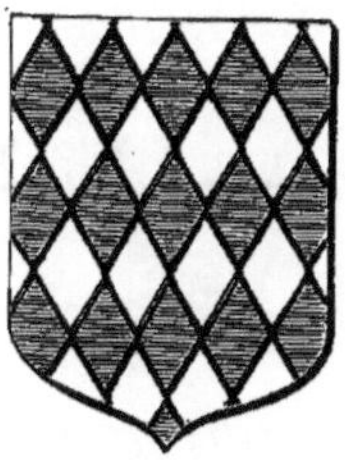

Lozangé d'argent et d'azur.

216. — (✚) Mathieu MAUREL, Docteur en Médecine au lieu de VOULLONNE [VOLONNE] :

De gueules à trois bandes d'argent.

217. — (✚) Joseph MAUREL, Maire du lieu de VOULLONNE [VOLONNE] :

De sinople, à un chevron d'or.

218. — (✚) Pierre ASTIER, Notaire à CHATEAU-ARNOUX :

D'argent, à un pairle de gueules, coupé de sinople, à un ours d'or.

219. — (✝) Honoré MÉGY, marchand regrattier au lieu de VOLONNES [VOLONNE] :

D'argent, à un ours de gueules, coupé de sable à une croix d'or.

220. — (✝) Guillaume AMIELH, Notaire au lieu de VALLERNES [VALERNES] :

De gueules, à trois léopards d'or, l'un sur l'autre.

221. — (✝) Estienne AILLAUD, bourgeois du lieu de MIZON [MISON] :

De sinople, à cinq coquilles d'argent, posées en sautoir.

222. — (✠) Pierre VENINQ [VEŃENC], maître apotiquaire à SISTERON :

De gueules, à trois quintefeuilles d'argent, rangées en pal.

223. — Michel BOURRELLY, rentier et hoste du lieu de MALIJAY [MALIJAI] :

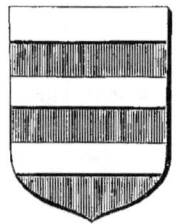

Fascé d'argent et de gueules de six pièces.

224. — (✠) Honoré ESCAUFFIÉ, assesseur de maire au lieu de VOULLONNES [VOLONNE] :

De gueules, au sautoir d'or, chargé de cinq coquilles de sable.

225. — Melchior du SERRE :

Porte comme cy-devant, article 137.

226. — (✡) Joseph BONNEFOY, Notaire au lieu de BARRET (Drôme) :

D'argent, à trois fasces de sable, chargées d'une foy d'argent.

227. — (✡) Dominique BONNEFOY, Praticien au lieu de SÉDERON (Drôme) :

D'argent, à une fasce de gueules, chargée d'une foy d'argent.

228. — (✠) La Communauté des **CARDEURS A LAINE**, **TISSEURS** et **PARENDURIERS** de la ville de SISTERON (1) :

D'azur, à une navette d'or posée en fasce, surmontée de deux cardes de même.

229. — Honoré L'ENFANT, vicomte de VALERNE [VALERNES] :

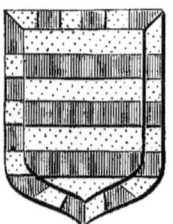

Fascé d'or et de gueules de six pièces, à une bordure componée aussi d'or et de gueules.

230. — La Communauté des **TISSEURS**, **CARDEURS DE TOILLE** du lieu de VOLONNE :

D'azur, à une Sainte-Anne, assise et contournée, montrant à lire à la Sainte-Vierge, le tout d'or.

(1) Sous le patronage de Saint - Blaise.

231. — Antoine AUBERT, Notaire au lieu de VOLLONNE [VOLONNE] :

De gueules, aux deux lettres A et A entre-lassées d'or, surmontées d'une étoile de même. (1)

232. — Joseph de GAILLARD, Seigneur de BAYONS :

Porte comme cy-devant article 1er. (2)

233. — Guillaume MARYE, Notaire du lieu de BAYONS :

D'azur, à une herse d'or, surmontée d'une étoile de même, qui est accostée des lettres G et M d'argent. (3)

---

(1) Armoiries présentées par Me Antoine Aubert, notaire du lieu de Volonne.

(2) Armoiries de noble Jóseph de Gailhard, seigneur de Baions, présentées par l'héritier du feu sr son père.

(3) Armoiries présentées par Me Guilheaume Marie, Notaire du lieu de Bayons.

234. — (✠) LA COMMUNAUTÉ DES MARÉCHAUX, SERRURIERS, SELLIERS, CHAUDRONNIERS, BASTIERS, CORDIERS ET ARMURIERS de la ville de SISTERON :

De sinople, à un Saint-Éloy, évêque crossé et mîtré d'or. (1)

235. — (✠) JOSEPH DU SERRE, Religieux de l'Ordre de Cluny, Prieur de THÈZE :

Vairé d'argent et de gueules, à un lion d'or brochant sur le tout.

236. — JACQUES GIRAUD, Notaire à SAINT-SIMPHORIEN [SAINT-SYMPHORIEN] :

D'argent, à deux étoiles d'azur en chef, les deux lettres J et G en fasce, et une rose de gueules, pointée de sinople, posée en pointe. (2)

---

(1) Sous le patronage de Saint - Éloy.

(2) Armoiries présentées par Mᵉ Jacques Giraud, notaire royal de Saint - Simphorien.

237. — JEAN ROLLAND, Notaire au lieu de CLARET :

D'azur, à un soleil d'or en chef, les deux lettres J et R de même posées une à chaque flanc, et un rocher d'argent en pointe, sommé d'une demy roue d'or. (1)

238. — (✿) LA COMMUNAUTÉ du lieu d'ESPARRON-LA-BASTIDE [ESPARRON-LA-BATIE] :

De gueules, à deux épées d'argent, passées en sautoir, les gardes et poignées d'or.

239. — (✿) JACQUES BURLET, ménager du lieu de CLÉMEN-SANE [CLAMENSANE] :

D'argent, à une croix de gueules, coupé d'azur à une givre d'argent.

_____

(1) Armoiries présentées par Me Jean Rolland, notaire royalle du lieu de Claret.

240. — JEAN BOUGEREL, Notaire du lieu de SAINT-GENYÈS
[SAINT-GENIEZ] :

Porte comme cy-devant article 200. (1)

241. — (✠) PIERRE MAUREL, Lieutenant de Juge au lieu de
MELVE :

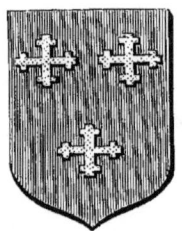

De gueules, à trois croix croisettées, d'or,
posées deux et une.

242. — (✠) MICHEL AUBERT, marchand au lieu de MALIJAY
[MALIJAI] :

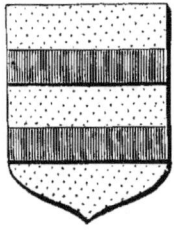

D'or, à deux fasces de gueules.

_____

(1) Armoiries présentées par Mᵉ Jean Bougerel, notaire du lieu de
Saint - Geniès.

243. — (✠) Toussaint AUBERT, marchand au lieu de MALIJAY [MALIJAI] :

D'or, à une bande de sable.

244. — (✠) Jean-Baptiste AUBERT, marchand au lieu de MALIJAY [MALIJAI] :

D'or, à une croix pattée de gueules.

245. — (✠) Léonard AUBERT, marchand au lieu de MALIJAY [MALIJAI] :

De gueules, à trois chiens d'argent, courants, l'un sur l'autre.

246. — (✠) ANDRÉ AUBERT, marchand au lieu de MALIJAY [MALIJAI] :

D'or, à une bande componée d'argent et de sable.

247. — (✠) MELCHIOR AUBERT, marchand au lieu de MALIJAY [MALIJAI] :

D'argent, à une croix ancrée d'azur.

248. — (✠) MATHIEU RICHAUD, Lieutenant de Juge au lieu de SAINT-GENIES [SAINT-GENIEZ] :

Bandé d'argent et de gueules, de six pièces.

249. — (✠) LA CONFRÉRIE DE SAINT-ÉLOY du lieu de VOULLONNE [VOLONE] :

D'azur, à un Saint-Éloy d'or, vêtu pontifi-calement, crossé et mîtré de même.

250. — (✠) Jacques CHARAMAT, Notaire au lieu d'ENTRE-PEYRE [ENTREPIERRES] :

D'or, à trois pals de sinople.

251. — LA COMMUNAUTÉ du lieu de JARJAYES :

D'azur, à une cigogne d'argent, dans un marais de sinople. (1)

---

(1) Ce sont les armes de la famille de Sigoin, seigneur du lieu. Armoiries présentées par la Communauté du lieu inhabité de Jarjayes .... y ayant haute moyenne et basse justice.

252. — LA COMMUNAUTÉ du lieu de LA MOTTE-DU-CAIRE :

D'azur, à une montagne d'or, au pied de laquelle coule une rivière d'argent.

253. — (✚) Jean BUCELLE, Notaire au lieu de TURRIES [TURRIERS] :

D'argent, à un loup passant de gueules.

254. — (✚) Vincent TONION [THOINON], Chanoine de l'Église Catédrale de SISTERON :

D'azur, à six besans d'argent, trois, deux et un.

255. — (✡) Lucresse L'EVESQUE, veuve d'Alexandre
D'AGUILHENTY [D'AGUILLENQUI] :

De sable, à trois merlettes d'argent, posées
deux et une.

256. — (✡) Mathieu BERNARD, bourgeois du lieu de
NOYERS :

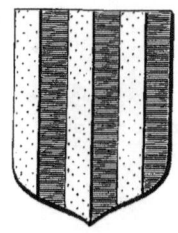

Palé d'or et d'azur de six pièces.

257. — (✡) Laurent SEAS [SIAS], Notaire au lieu de
NOYERS :

Lozangé d'or et de sinople.

258. — (✠) Jacques de MOYNIER, Lieutenant de Juge au lieu de THÈZE :

D'or, à un aigle éployé de sable.

259. — (✠) Jean PELLISSIER, ménager au lieu de VAUMEIL [VAUMEILH] :

D'azur, à une croix ancrée d'argent.

260. — (✠) Antoine PARRET, ménager au lieu de VAUMEIL [VAUMEILH] :

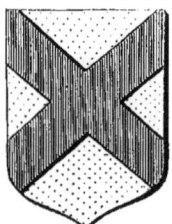

D'or, à un sautoir de gueules.

261. — (✫) Gaspard SEAS [SIAS], Maire du lieu de NOERS [NOYERS] :

D'argent, à deux loups de gueules, passants l'un sur l'autre.

262. — (✫) Louis ROUBAUD, bourgeois du lieu de CLÉMEN-SANNE [CLAMENSANE] :

D'azur, à un chevron d'or, chargé de trois croissants de gueules.

263. — (✫) Jean GIRARD, Notaire au lieu de CHATEAUNEUF-MIRAVAILLE [CHATEAUNEUF-MIRAVAIL] :

D'azur, à un chevron d'or, accompagné de trois roses d'argent.

264. — (✠) LA COMMUNAUTÉ du lieu de POMMEROL [POMEROL] (Drôme) :

De gueules, à une croix d'argent, chargée de cinq coquilles de sable. (1)

265. — Louis CHAIX, bourgeois de la ville de SISTERON :

D'azur, à un chevron d'or, accompagné en chef de deux étoiles de même, et en pointe d'un croissant d'argent.

266. — Félix RICHAUD, maître apotiquaire à SISTERON :

De gueules, à une patte d'ours coupée d or posée en fasce, et un chef d'argent, chargé de trois roses au naturel.

---

(1) Ces armes sont celles de la famille de Raymond-Modène, mais en contrepartie, le champ étant d'argent et la croix de gueules. — De Bresc, Armorial des Communes de Provence, page 226.

267. — (✠) Jean-Pierre RAVEL, bourgeois de la ville de
SISTERON :

De gueules, à trois lozanges d'argent, deux et un.

268. — (✠) Louise DE GREOUX, marchande à SISTERON :

De sable, à un sautoir d'or.

269. — (✠) François MAURIZY, marchand à SISTERON :

D'azur, à une bande d'argent.

270. — (✠) Honoré AUDIBERT, bourgeois du lieu de SAINT-
SIMPHORIEN [SAINT-SYMPHORIEN] :

De gueules, à trois bandes d'argent.

271. — (✠) Melchior BOUGEREL, Prestre, Prieur et Curé du
lieu de VILLOSC [VILHOSC] :

D'argent, à trois merlettes de gueules,
deux et une.

272. — (✠) Bertrand RICHAUD, marchand, bourgeois de la
ville de SISTERON :

De gueules, à trois quintefeuilles d'or,
posées en bande.

273. — (✿) Jean MAUREL, Lieutenant de Juge au lieu de SAINT-SIMPHORIEN [SAINT-SYMPHORIEN] :

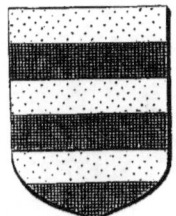

Fascé d'or et de sable, de six pièces.

274. — (✿) Jean-François CHAUVIN, Chirurgien au lieu de NOYERS :

D'argent, à une givre de gueules, coupé de gueules, à un sautoir d'or.

275. — (✿) Jean-Joseph RICAUDY, Notaire au lieu de PERRUIS [PEYRUIS] :

De gueules, à une bande d'or, chargée d'un lion de sable.

276. — (✠) Maximin TOURNIAIRE, Consul du lieu de VALBELLE :

Échiqueté d'or et de gueules.

277. — (✠) Gaspard HERIEZ, Consul du lieu de CHATEAUFORT :

D'azur, à deux fasces d'argent.

278. — (✠) Pierre MEFFREIN [MAFFREN], bourgeois du lieu de MELVE :

D'azur, à un sautoir componé d'argent et de gueules.

279. — (✿) Jacques REYNIER, marchand au lieu de FAUCON :

D'argent, à une bande de gueules, chargée de trois macles d'or.

280. — (✿) Honoré DE BERNARD, Curé du lieu de FAUCON :

D'or, à un lion de sinople, lampassé et armé de gueules.

281. — (✿) Baltasard INARD, ménager au lieu de FAUCON :

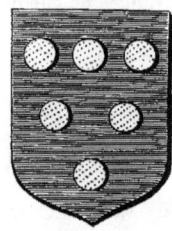

D'azur, à cinq besans d'or, posés trois, deux et un.

282. — (✿) Jacques MARTIN, ménager au lieu de FAUCON :

De gueules, à une tour d'or, surmontée d'un aigle de même.

283. — (✫) Antoine CHABRIER, bailly du lieu du CAIRE :

D'or, à trois trèfles de sinople, deux et un.

284. — (✫) Gaspard BRUNETY, Notaire au lieu de LA MOTTE-DU-CAIRE :

D'argent. à une croix fleuronnée de gueules.

285. — (✫) Joseph PROVINS, bourgeois du lieu de VOULLONNE [VOLONNE] :

D'or, à trois fasces de gueules.

286. — (✳) Charles PROVINS, bourgeois du lieu de VOUL-
   LONNE [VOLONNE] :

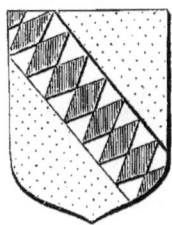

D'or, à une bande fuselée de gueules.

287. — (✳) Jean ROUX, bourgeois du lieu de VOULLONNE
   [VOLONNE] :

De gueules, à un sautoir d'argent.

288. — (✳) Jean ALLIVONS, bourgeois du lieu de VOULLONNE
   [VOLONNE] :

D'azur, à trois tours d'argent, deux et une.

289. — (✪) Antoine BARROU, bourgeois du lieu de VOUL-
LONNE [VOLONNE] :

Fascé d'or et de sinople de six pièces.

290. — (✪) Jean-Pierre BOUGEREL, Avocat au Parlement de
Provence :

D'azur, à trois bandes d'or.

291. — (✪) Joseph CRUDY, Prestre au lieu de VOULLONNE
[VOLONNE] :

D'argent, à deux chevrons de gueules.

292. — (✩) Antoine JURANT, Notaire au lieu de BELAFFAIRE [BELLAFFAIRE] :

D'azur, à trois cornets d'argent, deux et un.

293. — (✩) Pierre ACHARD, Lieutenant de Juge au lieu de BELAFFAIRE [BELLAFFAIRE] :

D'azur, à trois lions passans d'or, deux et un.

294. — (✩) Jacques JURANT, bourgeois du lieu de BELAFFAIRE [BELLAFFAIRE] :

D'argent, à une fasce de sable, chargée de deux étoiles d'or.

295. — (✿) N..... DARBEZY, Curé de BAYONS :

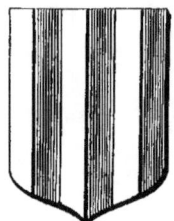

Palé d'argent et de gueules de six pièces.

296. — (✿) Antoine MÉGY, bourgeois du lieu de BAYONS :

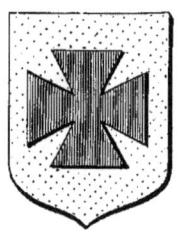

D'or, à une croix pattée de gueules.

297. — (✿) Joseph REYNIER, rentier seigneurial au lieu de
BAYONS :

De gueules, à un taureau passant d'or.

298. — (✿) François ALLÈGRE, ménager au lieu de BAYONS :

D'or, à trois aigles de sable, deux et un.

299. — (✿) Honoré ARNAUD, Prestre, Curé du lieu de CURBAN [CURBANS] :

De sinopie, à trois lions d'argent, deux et un.

300. — (✿) Claude GARNIER, Lieutenant de Juge au lieu de CURBAN [CURBANS] :

D'argent, à un lion de sable, couronné d'or.

301. — (✠) Pierre MAUREL, ménager au lieu de CURBAN [CURBANS] :

Échiqueté d'or et d'azur.

302. — (✠) Pierre DONNET, ménager au lieu de CURBAN [CURBANS] :

De sable, à un sautoir d'argent.

303. — (✠) Jean CLARET, ménager au lieu de CURBAN [CURBANS] :

D'or, à un lion passant de sable.

304. — (✠) MARIE LE CAMUS, veuve :

D'argent, à un aigle de sable.

305. — (✠) JEAN-FRANÇOIS MARTIN, Notaire au lieu de VAUMEIL [VAUMEILH] :

De gueules, à deux chevrons d'argent.

306. — (✠) PIERRE MARTIN, bourgeois du lieu de VAUMEIL [VAUMEILH] :

D'or, à deux lions affrontés de sable.

307. — (✵) Jean-Baptiste MARTIN, bourgeois du lieu de
VAUMEIL [VAUMEILH] :

D'hermines, à une bande d'argent.

308. — (✵) Estienne GERVAZY, Notaire au lieu de
VAUMEIL [VAUMEILH] :

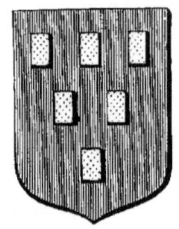

De gueules, à six billettes d'or, posées
trois, deux et une.

309. — (✵) Jean-André COULOMBS, bourgeois du lieu de
CORNILLONS [CORNILLON] (Drôme) :

D'azur, à trois colombes d'argent, posées
deux et une.

310. — (✫) Paul LAGET, bourgeois du lieu de CORNILLONS [CORNILLON] (Drôme) :

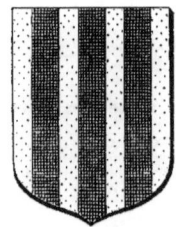

D'or, à trois pals de sable.

311. — (✫) Clément CHASTEL, bourgeois du lieu de CORNILLONS [CORNILLON] (Drôme) :

D'argent, à trois fasces d'azur.

312. — (✫) Antoine BRUNET, bourgeois du lieu de CORNILLONS [CORNILLON] (Drôme) :

De sable, à un lion passant d'argent.

313. — (✡) LA COMMUNAUTÉ du lieu de CORNILLONS [CORNILLON] (Drôme) :

D'or, à trois corneilles de sable, becquées et membrées de gueules, deux et une.

314. — (✡) JEAN PONS, marchand bourgeois du lieu de TURRIES [TURRIERS] :

Coupé d'or et de gueules, à un lion aussy coupé de l'un en l'autre.

315. — (✡) JOSEPH BUCELLE, Notaire au lieu de TURRIES [TURRIERS] :

D'or, à cinq aiglettes d'azur posées en sautoir.

316. — (✩) Joseph BUCELLE, Lieutenant de Juge au lieu de TURRIES [TURRIERS] :

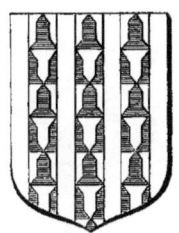

D'argent, à trois pals de vair.

317. — (✩) Gaspard BUCELLE, Greffier au lieu de TURRIES [TURRIERS] :

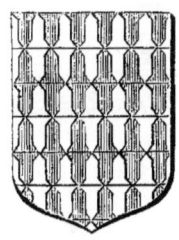

Vairé, contrevairé d'argent et de gueules.

318. — (✩) N..... ARNAUD, Prestre, Curé du lieu de TURRIES [TURRIERS] :

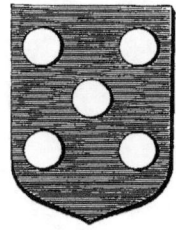

D'azur, à cinq besans d'argent mis en sautoir.

319. — (✪) Honoré MICHEL, Prestre, Curé du lieu de
PUIAGUT [PIÉGUT] :

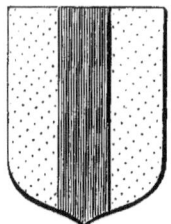

D'or, à un pal de gueules.

320 — (✪) Estienne BARNEAU, Lieutenant de Juge au lieu de
PUIAGUT [PIÉGUT] :

D'azur, à un lion d'or, armé et lampassé
de gueules.

321. — (✪) Jean RAYMOND, bourgeois du lieu de PUIAGUT
[PIÉGUT] :

D'or, à un aigle éployé de sable.

322. — (✡) Claude MAXIMIN, Prestre, Curé de VENTOROL
   [VENTEROL] :

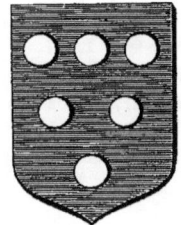

D'azur, à six besans d'argent, trois, deux
et un.

323. — (✡) Jean BARNEAU, Lieutenant de Juge au lieu de
   VENTOROL [VENTEROL] :

D'argent, à un lion de gueules, couronné
d'or.

324. — (✡) Estienne MICHEL, bourgeois du lieu de
   VENTOROL [VENTEROL] :

De gueules, à un lion d'argent, armé et
lampassé de sinople.

325. — (✫) Gaspard MARTIN, bourgeois du lieu de VENTOROL [VENTEROL] :

D'or, à cinq trèfles d'azur, posez en sautoir.

326. — (✫) Louis ABRACHY, marchand au lieu de VENTOROL [VENTEROL] :

De gueules, à deux léopards d'or, l'un sur l'autre.

327. — (✫) Antoine BARRAT, Bailly du lieu de CLARET :

D'or, à trois fasces ondées d'azur.

328. — (✡) MICHEL MAUREL, ménager au lieu de CLARET :

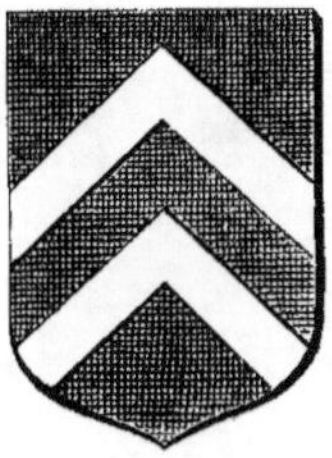

De sable, à deux chevrons d'argent.

329. — (✡) RAIMOND CONDOULLET [ou COUDOULLET], ménager au lieu de CLARET :

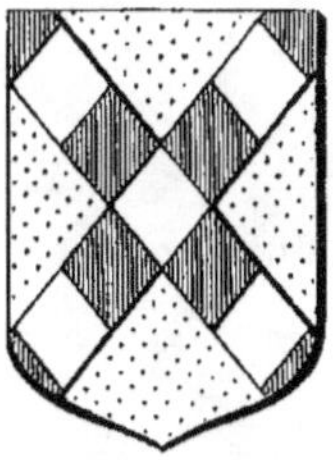

D'or, à un sautoir componé d'argent et de gueules.

330. — (✡) MARC CONDOULLET [ou COUDOULLET], Prestre, Curé du lieu de CLARET :

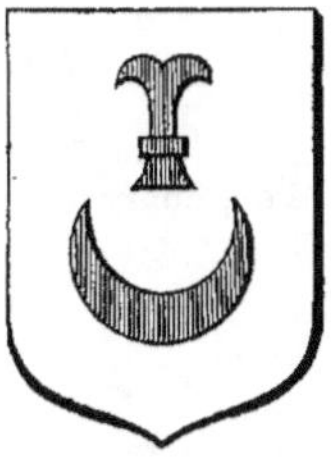

D'argent, à un roc de gueules, soutenu d'un croissant de même.

331. — (✡) Jacques PELISSIER, bourgeois du lieu de MALIJAY [MALIJAI] :

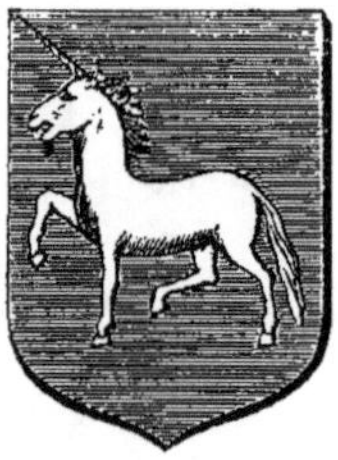

D'azur, à une licorne d'argent.

332. — (✡) Jean TRICHAUD d'HONNORAZ, bourgeois du lieu de MALIJAY [MALIJAI] :

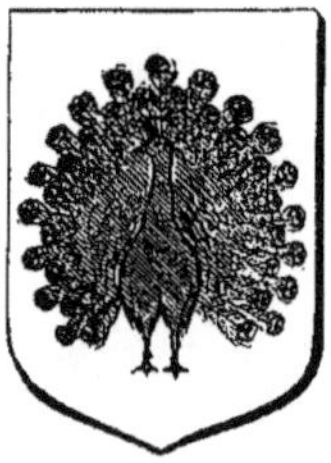

D'argent, à un paon rouant de sinople.

333. — (✡) François RAMEL, bourgeois du lieu de MALIJAY [MALIJAI] :

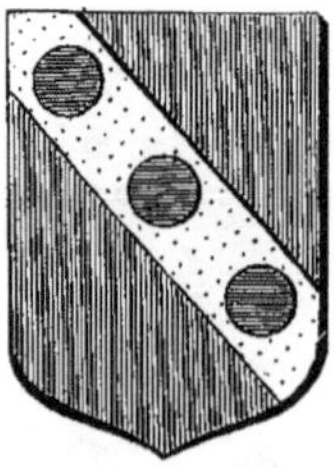

De gueules, à une bande d'or, chargée de trois tourteaux d'azur.

334. — (✠) Louis BURLES, bourgeois du lieu de SAINT-GENIES [SAINT-GENIEZ] :

D'argent, à un léopard passant de gueules.

335. — (✠) Louis BERNARD, marchand au lieu de SAINT-GENIES [SAINT-GENIEZ] :

D'argent, à trois quintefeuilles de gueules, deux et une.

336. — (✠) Pierre DULMAS [ou DALMAS], greffier au lieu de SAINT-GENIES [SAINT-GENIEZ] :

D'azur, à une croix recroisettée d'argent.

337. — (✡) Antoine BOUGEREL, Notaire au lieu de SAINT-GENIES [SAINT-GENIEZ] :

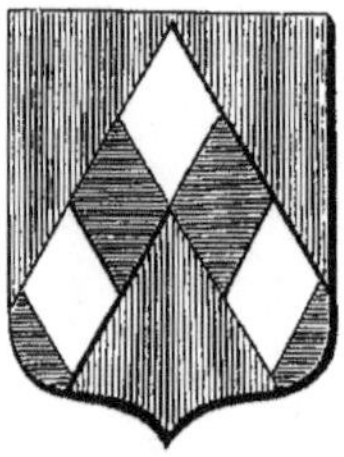

De gueules, à un chevron componé d'argent et d'azur.

338. — (✡) Gaspard DEYGLUN, ménager au lieu de SALIGNAC :

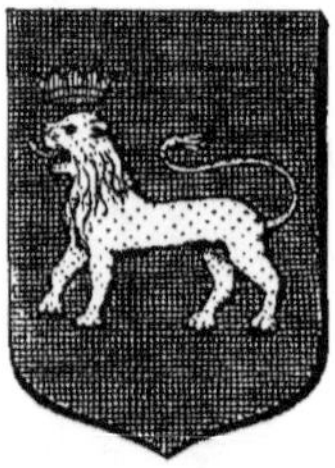

De sable, à un lion passant d'or, couronné de gueules.

339. — (✡) Elzéas RAVEL, bourgeois du lieu de SALIGNAC :

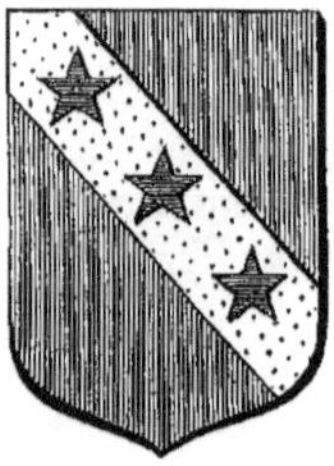

De gueules, à une bande d'or, chargée de trois étoiles d'azur.

340. — (✿) Jean PEIROTTE [ou PEIROTHE], bourgeois du lieu de SALIGNAC :

D'argent, à un aigle éployé de sable.

341. — (✿) Jacques BREMOND, bourgeois du lieu de SALIGNAC :

De gueules, à deux demy vols d'argent.

342. — (✿) Claude BREMOND, bourgeois du lieu de SALIGNAC :

D'argent, à un chevron d'azur, accompagné de trois étoiles de même.

343. — (✡) Jacques CHASTOUX, bourgeois du lieu de
VALERNES :

D'or, à un lion assis de gueules, tenant de
sa patte dextre une épée d'argent.

344. — (✡) Marc PELLISSIER, bourgeois du lieu de
VALERNES :

D'azur, à une bande d'argent, chargée
d'une rose de gueules.

345. — (✡) Antoine BOUCHET, bourgeois du lieu de
VALERNES :

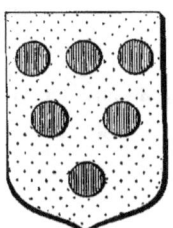

D'or, à six tourteaux de gueules, posés
trois, deux et un.

346. — (✪) Jacques ESTOURNELLE [ou ESTORNEL] bourgeois du lieu de VALERNES :

D'argent, à six merlettes de sable, posées trois, deux et une.

347. — (✪) Pierre AUTRAND [ou AUTRAN] bourgeois du lieu de THÈZE :

De sable, à deux lions affrontez d'or.

348. — (✪) Jean AUTRAND [ou AUTRAN] bourgeois du lieu de THÈZE :

D'or, à un corbeau de sable.

349. — (✡) Antoine BROCHIER, bourgeois du lieu de
THÈZE :

D'azur, à trois membres de griffon, deux
et un.

350. — (✡) Antoine TURIN, bourgeois du lieu de
THÈZE :

D'azur, à un taureau passant d'or.

351. — (✡) Jean-Antoine GIRAUD, Lieutenant de Juge au lieu
de SOURIBES [SOURRIBES] :

De gueules, à trois têtes de lion arrachées
d'or, deux et une.

352. — (✿) Honoré FÉRAUD, ménager au lieu de SOURIBES [SOURRIBES] :

D'azur, à un léopard d'argent.

353. — (✿) Louis PELISSIER, ménager au lieu de SOURIBES [SOURRIBES] :

D'argent, à un olivier arraché de sable, feuillé de sinople.

354. — (✿) Gaspard EYRIES, ménager au lieu de SOURIBES [SOURRIBES] :

De sinople, à un lion passant d'or.

355. — (✠) Samuel COLLY, Lieutenant de Juge au lieu de GIGORS :

D'or, à un rocher de gueules, surmonté d'une couleuvre de sable.

356. — (✠) François EYSSAUTIER, hoste du lieu de GIGORS :

De sable, à un cygne d'argent.

357. — (✠) Pierre SAUNIER, Notaire au lieu de GIGORS :

De gueules, à deux plumes à écrire d'argent en sautoir.

358. — (✿) Jean CLARY, Consul du lieu de GIGORS :

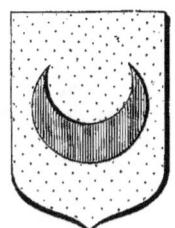

D'or, à un croissant de gueules.

359. — (✿) David BON, Maire du lieu de MIZON [MISON] :

De gueules, à deux léopards d'argent.

360. — (✿) Pierre SALLA, Consul du lieu de MIZON [MISON] :

D'argent, à trois têtes de loup de sable, deux et une.

361. — (✿) Jean SALVA [ou SALVAT], Lieutenant de Juge au lieu de MIZON [MISON] :

D'azur, à un chevron d'or, accompagné de trois étoiles de même.

362. — (✿) Pierre TRAMIER, Greffier du lieu de MIZON [MISON] :

De gueules, à un lion d'or armé et lampassé de sable.

363. — (✿) Jean BON, bourgeois du lieu de MIZON [MISON] :

D'or, à un chevron de sable.

364. — (✰) JEAN BON, Maître Apoticaire au lieu de MIZON
[MISON] :

De sable, à six bezans d'argent, posés trois,
deux et un.

365. — (✰) JEAN RICHER [ou RICHIER], bourgeois du lieu de
MIZON [MISON] :

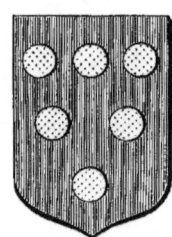

De gueules, à six bezans d'or, posés trois,
deux et un.

366. — (✰) JACQUES LOMBARD, bourgeois du lieu de MIZON
[MISON] :

D'azur, à un lion passant d'argent.

367. — (✠) Joseph CHEVALLY [ou CHEVALY], bourgeois du lieu de MIZON [MISON] :

D'azur, à une fasce d'argent.

368. — (✠) Toussaint TARDIEU, bourgeois du lieu de MIZON [MISON] :

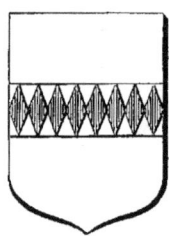

D'argent. à une fasce fuselée de gueules.

369. — (✠) Antoine JULLIEN, Maître Tailleur d'Habits au lieu de SÉDERON (Drôme) :

De gueules, à deux bandes vivrées d'or.

370. — (✻) Estienne JULLIEN, Maître Chirurgien au lieu de SÉDERON (Drôme) :

D'or, à un sautoir componé de sinople, d'argent et de gueules.

371. — (✻) Joseph REINARD, Trésorier de la Communauté de SÉDERON (Drôme) :

D'azur, à une bande d'argent, et un lion de sinople, brochant sur le tout.

372. — (✻) Louis JULLIEN, Lieutenant de Juge au lieu de SÉDERON (Drôme) :

D'argent, à un demy-vol de gueules.

373. — (✡) Joseph JULLIEN, Prieur de SÉDERON (Drôme) :

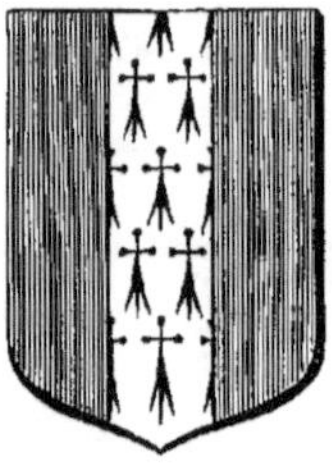

De gueules, à un pal d'hermines.

374. — (✡) Laurent CLÉMENT, ménager du lieu de LESCALLES [L'ESCALE] :

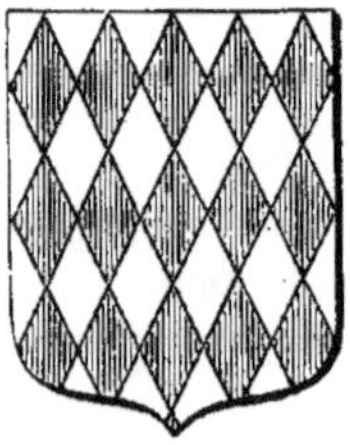

Lozangé d'argent et de gueules.

375. — ( ) Claude FERAUD, ménager au lieu de LESCALLES [L'ESCALE] :

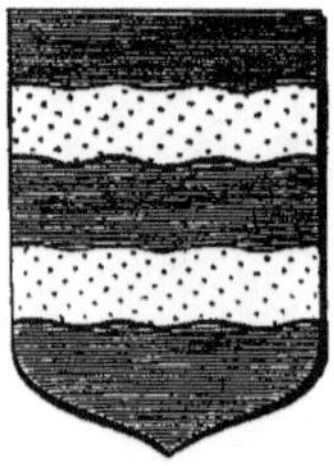

D'azur, à deux fasces ondées d'or.

376. — (✰) André TOIFIÉ, ménager au lieu de LESCALLES [L'ESCALE] :

D'or, à un lion de gueules.

377. — (✰) Laurent ARNAUD, ménager du lieu de LESCALLES [L'ESCALE] :

De sable, à un croissant d'argent.

378. — (✰) Jean ARNAUD, ménager au lieu de LESCALLES [L'ESCALE] :

D'argent, à cinq étoiles de gueules, posées en sautoir.

379. — (✫) Claude MAUREL, Lieutenant de Juge au lieu de CLEMENSANNE [CLAMENSANE] :

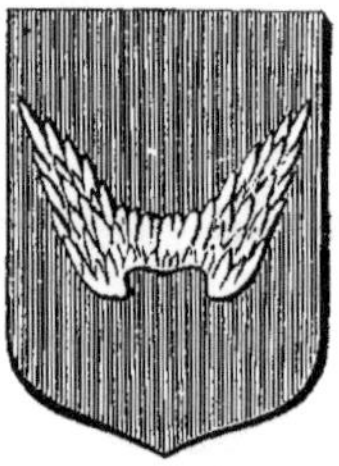

De gueules, à un vol d'argent.

380. — (✫) André CURNIER, Notaire au lieu de CLEMENSANNE [CLAMENSANE] :

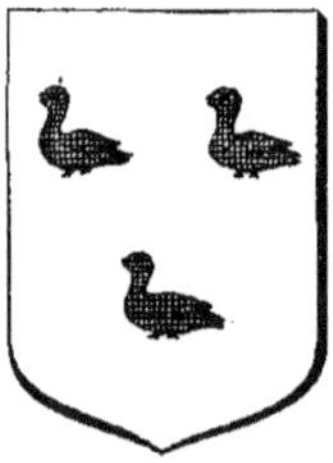

D'argent, à trois merlettes de sable.

381. — (✫) Jean-Pierre ROUBAUD, Notaire au lieu de CLEMENSANNE [CLAMENSANE] :

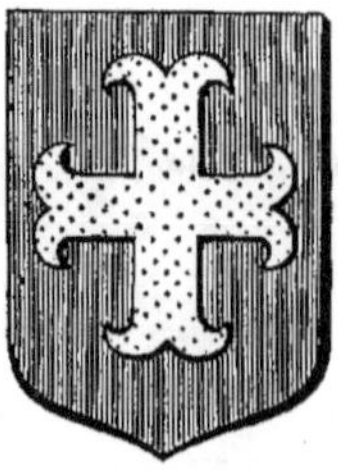

De gueules, à une croix ancrée d'or.

382. — (✪) Jean BENOIST, bourgeois de CLEMENSANNE
[CLAMENSANE] :

D'azur, à un chevron d'argent.

383. — (✪) Mathieu CHABAUD, bourgeois du lieu de
CHATEAUNEUF-MIRAVAILLE [CHATEAUNEUF-
MIRAVAIL] :

De gueules, à une bande d'or, chargée de
trois sautoirs de sinople.

384. — (✪) Guillaume CHABAUD, bourgeois du lieu de
CHATEAUNEUF-MIRAVAILLE [CHATEAUNEUF-
MIRAVAIL] :

De gueules, à un sautoir componé d'argent
et de sinople.

385. — (✠) LA CONFRÉRIE DES PÉNITENTS BLANCS du
lieu de NOYERS :

De sinople, à deux pals d'argent.

386. — (✠) Claude LATYE [LATIL], bourgeois du lieu de
NOYERS :

De gueules, à un lion d'or, couronné de
sinople.

387. — (✠) Ollivier BOYER, bourgeois du lieu de NOYERS :

De gueules, à un sautoir d'argent, chargé
de cinq trèfles d'azur.

388. — (✗) Michel LIEUTIER, bourgeois du lieu de NOYERS :

D'argent, à un lion de gueules.

389. — (✗) Pierre IMBERT, bourgeois du lieu de NOYERS :

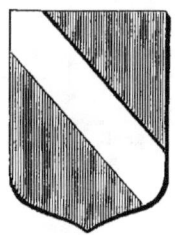

De gueules, à une bande d'argent.

390. — (✗) François SEAUTRIER [FEAUTRIER], bourgeois du lieu de PERRUIS [PEYRUIS] :

D'argent, coupé de gueules, à un lion de l'un en l'autre.

391. — (✡) JEAN SEAUTRIER [FEAUTRIER], bourgeois du lieu de PERRUIS [PEYRUIS] :

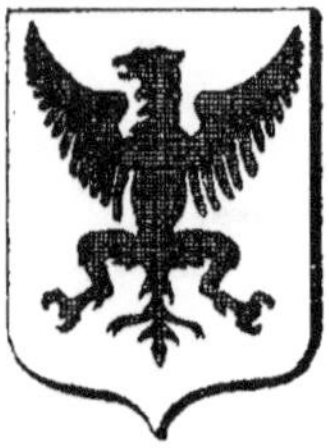

D'argent, à un aigle de sable.

392. — (✡) JEAN FRANC, bourgeois du lieu de PERRUIS [PEYRUIS] :

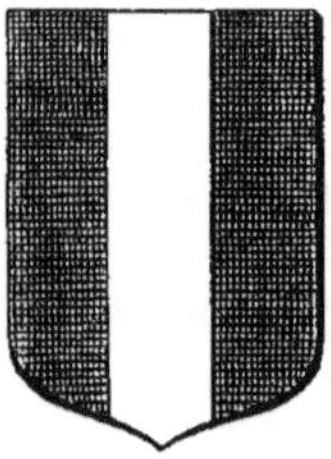

De sable, à un pal d'argent.

393. — (✡) ANTOINE RICHAUD, Consul du lieu de VALBELLE :

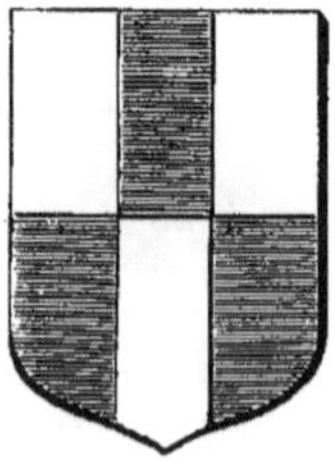

D'argent, coupé d'azur, à un pal de l'un en l'autre.

394. — (✿) Jean RICHAUD, Bailly du lieu de VALBELLE :

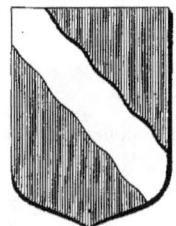

De gueules, à une bande ondée d'argent.

395. — (✿) Jean-Jacques RICHAUD, Notaire au lieu de VALBELLE :

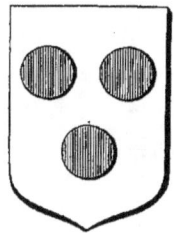

D'argent, à trois tourteaux de gueules, deux et un.

396. — (✿) Sébastien DALMAS, bourgeois du lieu de VALBELLE :

De gueules, à un taureau d'or.

397. — (✡) CHARLES HÉRIEZ, Lieutenant de Juge au lieu de CHATEAUFORT :

D'azur, à un lion d'or, couronné de sinople.

398. — (✡) JEAN LIOUTARD [LIEUTARD], bourgeois du lieu de MELVE :

De gueules, à un lion d'argent.

399. — (✡) ANDRÉ MAUREL, bourgeois du lieu de MELVE :

D'argent, à trois merlettes de sable, deux et une.

400. — (✥) JACQUES ESTOURNELLE [ESTORNEL], bourgeois du lieu de MELVE :

De sable, à un sautoir componé d'argent et de gueules.

401. — (✥) GASPARD AUDIBERT, bourgeois du lieu du CAIRE :

D'argent, à un sautoir de gueules, coupé de sinople, à un renard d'argent.

402. — (✥) JOSEPH REYNIER, bourgeois du lieu du CAIRE :

D'argent, à un renard de gueules, coupé de sable, à une fasce d'argent.

403. — (✠) Jean RAYMOND, Notaire au lieu de LA MOTTE-DU-CAIRE :

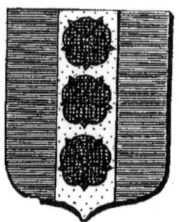

D'azur, à un pal d'or, chargé de trois roses de sable.

404. — (✠) Jean REIBAUD, bourgeois du lieu de LA MOTTE-DU-CAIRE :

De sable, à un cygne d'argent.

405. — (✠) Pierre RAYMOND, bourgeois du lieu de LA MOTTE-DU-CAIRE :

D'argent, à une croix ancrée de gueules.

406. — (✠) LA CONFRÉRIE DES PÉNITENS BLANCS du lieu de LA MOTTE-DU-CAIRE :

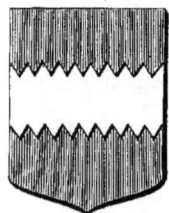

De gueules, à une fasce vivrée d'argent.

407. — (✠) N..... BARIOL, Prestre, Curé du lieu de BARRET-DE-LIOURRES :

Lozangé d'argent et de gueules.

408. — (✠) Judith CHEVALIER, veuve de N...... PELLISSIER :

D'azur, à une licorne d'argent.

409. — (✿) Claude COURBON, bourgeois du lieu de CHATEAU-ARNOUX :

De sable, à un cygne d'argent, becqué et membré d'or.

410. — (✿) Pierre COURBON, bourgeois du lieu de CHATEAU-ARNOUX :

D'argent, à un corbeau de sable.

411. — (✿) Jacques TISSIER [TEISSIER], Bailly du lieu de CHATEAU-ARNOUX :

De sable, à un lion d'argent, couronné de gueules.

412. — (✠) Françoise SABO, veuve :

D'or, à une croix ancrée de sable.

413. — (✠) Alexandre GAUTIER, Chanoine de l'Église Catédrale *(sic)* de SISTERON :

D'azur, à une croix dentelée d'argent.

414. — (✠) Simphorien TOUCHE, Marchand, bourgeois de la Ville de SISTERON :

De sable, à deux léopards d'or, l'un sur l'autre.

415. — (✡) CLAUDE ALLAIS, Marchand, bourgeois de la Ville de SISTERON :

D'or, à trois têtes de corbeau de sable, deux et une.

416. — (✡) BALTAZAR MAUREL, Marchand, bourgeois de la Ville de SISTERON :

D'azur, à un demy vol d'argent.

417. — (✡) PIERRE ISOARD, Marchand, bourgeois de la Ville de SISTERON :

D'azur, à une fasce bretessée et contre-bretessée d'or.

418. — (✠) Hippolyte LANTOIS, veuve de François SIGON [SIGOIN], bourgeois de la Ville de SISTERON :

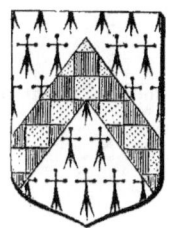

D'hermines, à un chevron componé d'or et de gueules.

419. — (✠) Alexandre BERNARDY, bourgeois de la Ville de SISTERON :

D'azur, à un chien braque d'argent, bouclé de sinople.

420. — (✠) Catherine DOISSIN, veuve d'Alexandre BERNARDY, bourgeois de la Ville de SISTERON :

D'argent, à deux lions passans de gueules, l'un sur l'autre.

421. — (✵) Jacques BRIANÇON, Maître Apoticaire à
      SISTERON :

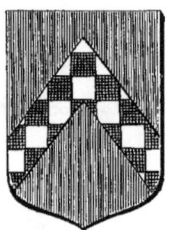

De gueules, à un chevron componé
d'argent et de sable.

422. — (✵) Blaise-Joseph de GOMBERT, Écuyer :

D'azur, à un lion d'or.

423. — (✵) Anne THUNIN, veuve de François ESCLANGON,
      bourgeois de la Ville de SISTERON :

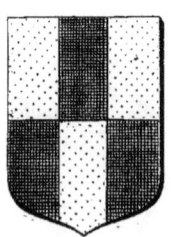

D'or, coupé de sable, à un pal aussy coupé
de l'un en l'autre.

424. — (✠) Pierre-Antoine ROUX, Prestre, Curé de la Ville de SISTERON :

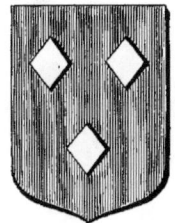

De gueules, à trois lozanges d'argent, deux et un.

425. — (✠) LA COMMUNAUTÉ DES PÉNITENS BLANCS de la Ville de SISTERON :

D'azur, à un crucifix d'or, accompagné en pointe de deux pénitens à genoux, vêtus d'argent. (1)

----

(1) D'après un ex-voto déposé, vers 1750, par les Pénitents Blancs de Sisteron dans la chapelle de Notre-Dame-des Anges, à Lurs, les armoiries de cette compagnie étaient :

D'argent à une croix élevée de sable chargée sur le montant de la croix, en dessous de la traverse, d'un cœur rayonnant enflammé de gueules.

426. — (✰) Honoré HUGUES, Marchand, bourgeois de la Ville
de SISTERON :

D'azur, à une croix recroisettée d'argent.

427. — (✰) Joseph ANDRÉ, Marchand, bourgeois de la Ville
de SISTERON :

D'argent, à un sautoir de gueules.

428. — (✰) Jean JACOB, Marchand, bourgeois de la Ville
de SISTERON :

De gueules, à un chien courant d'or.

429. — (✠) Antoine CASTAGNY, Marchand, bourgeois de la Ville de SISTERON :

De sable, à un cygne d'argent, becqué et membré d'or.

430. — (✠) Sébastien CASTAGNY, Prestre, Curé de l'Église Catédrale de SISTERON :

D'argent, à une fasce de sinople, coupé d'azur, à un loup d'or. (1)

431. — (✠) Honoré COUTIS, Prestre, Curé de la Paroisse de CLÉMENSANNE [CLAMENSANE] :

D'argent, à un loup de sinople, coupé de gueules, à un pal d'or.

---

(1) Sur la dalle recouvrant la tombe du curé Castagny, dans l'Église de Sisteron, chapelle de Saint-Sébastien, sont figurées les armes de la famille de Castagny : D'argent, à un châtaignier arraché, mouvant d'un croissant, accosté de deux étoiles.

432. — (✩) JEAN GRIMAUD, Notaire au lieu de CLÉMENSANNE [CLAMENSANE] :

D'argent, à un pal de sinople, coupé de sinople, à un écureuil d'or.

433. — (✩) MATHIEU BARBES, Bailly de CLÉMENSANNE [CLAMENSANE] :

D'argent, à un écureuil de sinople, coupé de sable, à une bande d'or.

434. — (✩) PIERRE MAUREL, bourgeois du lieu de CLÉMEN-SANNE [CLAMENSANE] :

D'argent, à une bande de sinople, coupé d'azur, à un éléphant d'argent.

435. — (✡) Jᴇᴀɴ ROLLAND, Consul de la Communauté
de CLÉMENSANNE [CLAMENSANE] :

D'argent, à un éléphant de sinople, coupé
de gueules, à une barre d'or.

436. — (✡) Fʀᴀɴçᴏɪs PENET [PARET], Prestre, Curé de
la Paroisse de SIGOYER :

D'argent, à une barre de sinople, coupé
de sinople, à un rhinocéros d'argent.

437. — (✡) Cʟᴀᴜᴅᴇ CLÉMENT, Prestre, Curé de la Paroisse
de VITROLLE [VITROLLES] :

D'argent, à un rhinocéros de sinople,
coupé de sable, à un chevron d'argent.

438. — (✠) Jean VOLLAIRE, bourgeois du lieu de VITROLLE [VITROLLES] :

D'argent, à un chevron de sable, coupé d'azur, à un cheval gai d'or.

439. — (✠) Gaspard VOLLAIRE, bourgeois du lieu de VITROLLE [VITROLLES] :

D'argent, à un cheval gai de sable, coupé de gueules, à un pairle d'or.

440. — (✠) Certoux DAVIN, bourgeois du lieu de VITROLLE [VITROLLES] :

D'argent, à un pairle de sable, coupé de sinople, à un lévrier d'or.

441. — (✫) JEAN ISNARD, bourgeois du lieu de VITROLLE [VITROLLES] :

D'argent, à un lévrier de sable, coupé de sable, à une croix d'or.

442. — (✫) CLAUDE MAJOL [MAYOL], Prestre, Curé de la Paroisse de BARCELONNETTE [BARCILLONNETTE] :

D'argent, à une croix de sable, coupé d'azur, à un ours d'or.

443. — (✫) GASPARD PINCHENET [PENCHINAT], bourgeois du lieu de BARCELONNETTE [BARCILLONNETTE] :

D'argent, à un ours de sable, coupé de gueules, à un sautoir d'argent.

444. — (✗) ETIENNE GRAS, bourgeois du lieu de BARCELON-
NETTE [BARCILLONNETTE] :

D'argent, à un sautoir de sable, coupé
de sinople, à une givre d'or.

445. — (✗) JEAN-ANTOINE VOLLAIRE, Notaire au lieu de
BARCELONNETTE [BARCILLONNETTE] :

D'argent, à une givre de sable, coupé
de sable, à une fasce d'or.

446. — (✗) JEAN ISNARD, Marchand, bourgeois du lieu de
BARCELONNETTE [BARCILLONNETTE] :

D'azur, à une fasce d'or, coupé d'or,
à un renard d'azur.

447. — (✪ ANSELME LAUGIER, Prestre, Curé de la Paroisse
D'ESPARON - DE - VITROLLE [ESPARRON - DE -
VITROLLES] :

D'azur, à un renard d'or, coupé d'or,
à un pal de gueules.

448. — (✪) CLAUDE GRIMAUD, Marchand, bourgeois du lieu
D'ESPARON - DE - VITROLLE [ESPARRON - DE -
VITROLLES] :

D'azur, à un pal d'or, coupé d'or, à
un loup de sinople.

449. — (✪) FRANÇOIS VAYER, Lieutenant de Juge du lieu
D'ESPARON - DE - VITROLLE [ESPARRON - DE -
VITROLLES] :

D'azur, à un loup d'or, coupé d'or, à
une bande de sable.

450. — (✳) Claude MILLE, bourgeois du lieu D'ESPARON-
DE-VITROLLE [ESPARRON-DE-VITROLLES] :

D'azur, à une bande d'or, coupé d'argent,
à un écureuil d'azur.

451. — (✳) Louis ROBERT, bourgeois du lieu D'ESPARON-
DE-VITROLLE [ESPARRON-DE-VITROLLES] :

D'azur, à un écureuil d'or, coupé d'argent, à une barre de gueules.

*PRÉSENTÉ PAR LEDIT VANIER, A NOSSEIGNEURS
LES COMMISSAIRES GÉNÉRAUX DU CONSEIL, A CE
QU'IL LEUR PLAISE RECEVOIR LES DICTES ARMOIRIES,
ET ORDONNERS QU'ELLES SOIENT ENREGISTRÉES A
L'ARMORIAL GÉNÉRAL, CONFORMÉMENT AUSDITZ EDIT
ET ARRESTZ RENDUS EN CONSÉQUENCE.........................*

Faict à PARIS, ce 7ᵉ Jour de JUIN 1700.

Signé : Alexandre DELARROC.

Les *COMMISSAIRES GÉNÉRAULX deputez par le roy, par arrestz du Conseil des 4 Décembre 1696 et 29 Janvier 1797, pour l'exécution de l'Edit du mois de Novembre précédent sur le fait des Armoiries,*

Veu par nous l'Estat cy-dessus présenté par ledit Vanier, aux fins y contenues ; les feuilles de présentation d'armoiries jointes audit estat ; nostre Ordonnance de soit monstré du 11 Juin 1700 ; conclusions du procureur général de la commission ; ouy le rapport du sr Breteuil, conseiller ordinaire du roy en son Conseil d'Estat, intendant des Finances, l'un deslitz commissaires,

Nous, commissaires susditz, en vertu du pouvoir, à nous donné par sa Majesté, avons reçeu et recevons les.......armoiries expliquées audit estat ; en conséquence, ordonnons qu'elles seront enregistrées, peintes et blasonnées à l'Armorial Général, et les brevets d'icelles deslivrez, conformément audit Edit et aux arrestz rendus en conséquence, et à cet effet, les feuilles desdites armoiries, et une expédition de la présente ordonnance seront remises au sr d'Hozier, conseiller du roy, garde de l'Armorial Général, sauf à être ci-après prononcé à la réception des armoiries qui se trouvent surcizes par quelques articles dudit estat ainsi qu'il appartiendra par raison.

Fait à l'Assemblee Générale desditz sieurs Commissaires, tenue à Paris le 16e de Juillet 1700.

Signé : SENDRAS.

Nous, soussignez, interessez au traicté des Armoiries, nommez, par délibération de la Compagnie du 29 Août 1697, pour retirer les brevetz desdites armoiries, recongnoissons que M. d'Hozier nous a ce jourd'huy remis ceux mentionnez au présent estat, au nombre de.......la finance principale des quelles montant à..........promettons payer au trésor royal, conformément au traicté que nous en avons fait avec Sa Majesté.

Fait à Paris, ce 1er Août 1700.

Signé : LASQUENILLE ou CARQUENILLE.

APPENDICES

PROVENCE

—

GTÉ D'AIX

SISTERON

—

Copie du Brevet délivré à la Ville de SISTERON

Registre 1er

n° 102

307 v. 1er

pⁿ 1335 v. 2e

Par ordonnance rendue
le seizième du mois de Juillet de l'an 1700 par
Mʳˢ les Commissaires Généraux du Conseil députez sur le fait des Armoiries.

Celles de la Ville de SISTERON :
de gueules à une grande S d'or couronnée de même,
accompagnée de deux fleurs de lis d'or possées *(sic)* une
à chaque flanc et en pointe de deux annelets de même

Telles qu'elles sont ici peintes et figurées, après avoir été
reçues, ont été enregistrées à l'Armorial Général dans le Ré-
gistre cotté Provence, en conséquence du payement des droits
réglés par les tarifs et arrest du Conseil, du 20e de Novembre
de l'an 1696, en foi de quoi, le présent Brevet a été délivré
à Paris par Nous CHARLES D'HOZIER, Conseiller
du Roi, et Garde de l'Armorial Général de France, etc

D'HOZIER

Comptes de l'année 1697 rendus par
Alexandre Sias, D^r en médecine et sieur
Jean-François Laidet, bourgeois, trésoriers.

(Archives de la Ville de Sisteron. — Registre n° 183, f° 45, r° et v°,
année 1697).

Article 170

de la somme de Cent douze livres payées au
s^r Le Clair, commis à l'enregistrement des Armoiries
scavoir Cent onze livres dix sols pour l'enregistrement
des armes de cette communauté et dix sols papier
timbré apert du certificat du 1er May 1697.

ci   112 ^l 10 ^s 0 ^d

Article 271

de la somme de Cinquante livres quatre sols
payés aud. sieur Le Clair pour sceaux ou
controslles faicts pour la communauté
apert de sa parcelle certificat du 25 Mars et
acquit du 1er Avril dernier.

ci   50 ^l 4 ^s 0 ^d

Armoiries des Personnes, Maisons et Familles.

N° 139.

Je commis à la Recette des Droits d'Enregistrement des Armoiries ordonné estre fait par Édit du mois de Novembre dernier, soussigné, reconnais que M. JOSEPH LATIL, Bourgeois de Noyers, Sénéchaussée de Sisteron .... a ce jourd'huy apporté en ce Bureau et présenté ses Armes pour estre enregistrées à l'Armorial Général, et qu'il m'a payé, scavoir pour les Droits d'Enregistrement suivant le tarif, vingt livres, pour les deux sols pour livre quarante sols, et trente sols pour les frais du Blason, et autres reglez par l'Arrest du Conseil du 20 Novembre dernier, promettant luy délivrer le Brevet dudit Enregistrement, en me rapportant le présent Récépissé. Fait à Sisteron, le premier jour de juillet mil six cent quatre vingt-dix-sept. LECLERC.

N° 140.

JEAN LATIL, Bourgeois de la ville de Sisteron.

Même récépissé que n° 139.

Bon pour 23 livres 10 sols.

Registre N° 1.

N° 139.

Armoiries de s^r JOSEPH LATIL, Bourgeois du lieu de Noyers,
Sénéchaussée de Sisteron, pour estre enregistrées à
l'Armorial Général.

Registre N° 1.

N° 140.

Armoiries de s^r JEAN LATIL, Bourgeois de la ville de Sisteron,
pour estre enregistrées à l'Armorial Général.

Receu coppie.

Dans la première chapelle, à gauche en entrant dans l'Église de Notre-Dame-des-Anges, au terroir de Lurs, quartier du Puy d'Aulun, on voyait, il y a quelques années encore, un ex-voto consistant en un petit tableau, peint à l'huile, d'une facture assez médiocre, offert par les Pénitents Blancs de Sisteron vers 1750 ; il y avait au bas, d'un côté les armoiries de la confrérie : « d'argent, à une croix élevée de sable, chargée d'un cœur rayonnant enflammé de gueules » et lui faisant pendant, à gauche, le blason de la ville de Sisteron : « de gueules à une grande S couronnée d'or, accompagnée en flanc de deux fleurs de lis et en pointe de deux annelets de même.

L'ex voto, exprimé en six vers, dont la facture égalait celle de la peinture, était peint au-dessous d'un ostensoir ; nous croyons devoir ne pas priver nos lecteurs de cette poésie naïve autant que médiocre :

Les Pénitents Blancs de la ville de Sisteron

à Notre-Dame-des-Anges

Recevés auguste Marie
Les Vœux que cette Compagnie
Vous offre du profond du cœur
Ne nous perdés pas de mémoire
Et procurez nous le bonheur
De vous voir un jour dans la Gloire.

TABLE ALPHABÉTIQUE

DE

L'Armorial de la Sénéchaussée de Sisteron

182

ADDITIONS

Lors de la division de la France en Départements, en 1790, une partie du territoire de la haute Provence, celle qui avait constitué soit la Sénéchaussée, soit la Viguerie de Sisteron, devint le District puis l'Arrondissement actuel avec les 54 communes suivantes :

Astoin, Aubignosc, Authon, Barcilonnette-de-Vitroles, Beaudument, Bayons, Bellaffaire, Bevons, Le Caire, Chardavons, Château-Arnoux, Châteaufort, Châteauneuf-Miravail, Châteauneuf-Val-Saint-Donat, Clamensane, Claret, Curban, Curel, Entrepierres, Esparron-la-Bâtie, Esparron-de-Vitrolles, Faucon, Feissal, Saint-Geniez, Gigors, Jarjayes, Lescalle, Melve, Mison, La Motte-du-Caire, Montfort, Nibles, Noyers, Peipin, Piégut, Reynier, Salignac, Sigoyer, Sisteron, Sourribes, Saint-Symphorien, Thèze, Turriers, Urtis, Valavoire, Valbelle, Valernes, Vaumeilh, Venterol, Vilhosc, Saint-Vincent, Vitroles et Volone.

Les communes de Barcilonnette, Vitroles et Esparron-de-Vitroles formant le canton de Barcilonnette ont été distraites du Département des Basses-Alpes par une Loi du 13 Janvier 1810, mais elles ont eu leurs Armoiries enregistrées en 1697.

Ces 54 communes n'appartenaient pas toutes aux anciennes circonscriptions ; Curel notamment dépendait du Dauphiné, Les Omergues ressortissaient à la Sénéchaussée de Forcalquier, et Feissal à celle de Digne.

Curel avait pu échapper aux poursuites des commis de Vannier, comme le firent Astoin et Chardavons ; ces trois communes ne figurent donc pas dans l'Armorial de la Sénéchaussée de Sisteron ; nous croyons convenable d'extraire des Sénéchaussées de Digne et de Forcalquier, pour les réunir à celle de Sisteron, la description des blasons des Omergues et de Feissal et celui de quelques personnes de ces deux communautés.

SÉNÉCHAUSSÉE DE FORCALQUIER

99. — La Communauté du lieu des OMERGUES :

De gueules, à une croix de Malte d'argent, soutenue d'une fasce en devise abaissée d'or, sur laquelle est écrit le mot Omergues en caractère de sable.

210. — (✠) François ARNAUD, le Bayle, Bourgeois du lieu d'HOMERGUES [LES OMERGUES] :

D'argent, à un loup de gueules, coupé de sable, à un pal d'argent.

211. — (✠) N..... JULLIEN, Notaire Royal au lieu d'HOMERGUES [LES OMERGUES] :

D'argent, à un pal de sinople, coupé d'azur, à un écureuil d'or.

212. — (✠) N..... ARNAUD, Fils, Bourgeois du lieu d'HOMERGUES [LES OMERGUES] :

D'argent, à un écureuil de sinople, coupé de gueules, à une bande d'or.

SÉNÉCHAUSSÉE DE DIGNE

31. — Jean-François de ROUX d'ALLERIC, Seigneur de
FEISSAL :

D'azur, à une bande d'or, accompagnée en
chef d'une colombe s'essorant d'argent, et en
pointe d'un lion d'or lampassé de gueules.

139. — La Communauté du lieu de FEISSAL :

D'azur, à un faisceau de cinq flèches d'or,
liées de gueules.

ERRATA

Page 39, note 1, lire Augustin Crudy au lieu d'Auguste Crudy ;

Page 41, note 1, lire d'Armand au lieu de d'Arnaud ;

Page 49, note 1, lire Pontis au lieu de Pontès ;

Page 51, supprimer la note 1 ;

Page 55, ligne 8, lire numéro 104 au lieu de 89 ;

Page 76, ligne 10, lire Chanoine de l'Église Catédrale (sic) ;

Page 144, ligne 1, lire Joseph Chavally au lieu de Joseph Chevally ;

Page 144, ligne 3, lire de gueules au lieu d'azur ;

Page 172, ligne 12, lire ordonner au lieu de ordonners.

ARMOIRIES

De quelques Familles, ne figurant pas dans

l'Armorial de la Sénéchaussée,

originaires, fonetionnaires ou habituées

de l'arrondissement de Sisteron

au eours des XVIIIᵉ et XIXᵉ Sièeles.

Ph. ALLÈGRE
Inspecteur Primaire, 1868

Contre Amiral
F.-X. AMÉ de la LAUNE, 1823

d'AGUILHENQUI
Consul de Sisteron, 1722

d'ARNAUD, Comte de Vitrolles
Ministre, Pair de France, 1830

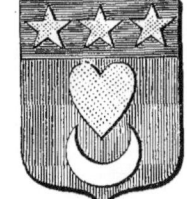

Paul d'ARNAUD
Procureur de la République, 1894

Ferdinand AUDOUL
Juge de Paix à Turriers, 1894

Président AYASSE
Conseiller d'Arrondissement,
Maire de Curbans, 1899

Raoul T., Marquis de Balincourt
Capitaine de Frégate, 1896

César BANE
Président de l'Administration
Cantonale de Sisteron, 1795

Victor BANE
Maire de Sisteron, 1860

P.-J. de BARLET
Président du Tribunal, 1828

de PAGÈS de BEAUFORT
Docteur en Droit, Substitut, 1870

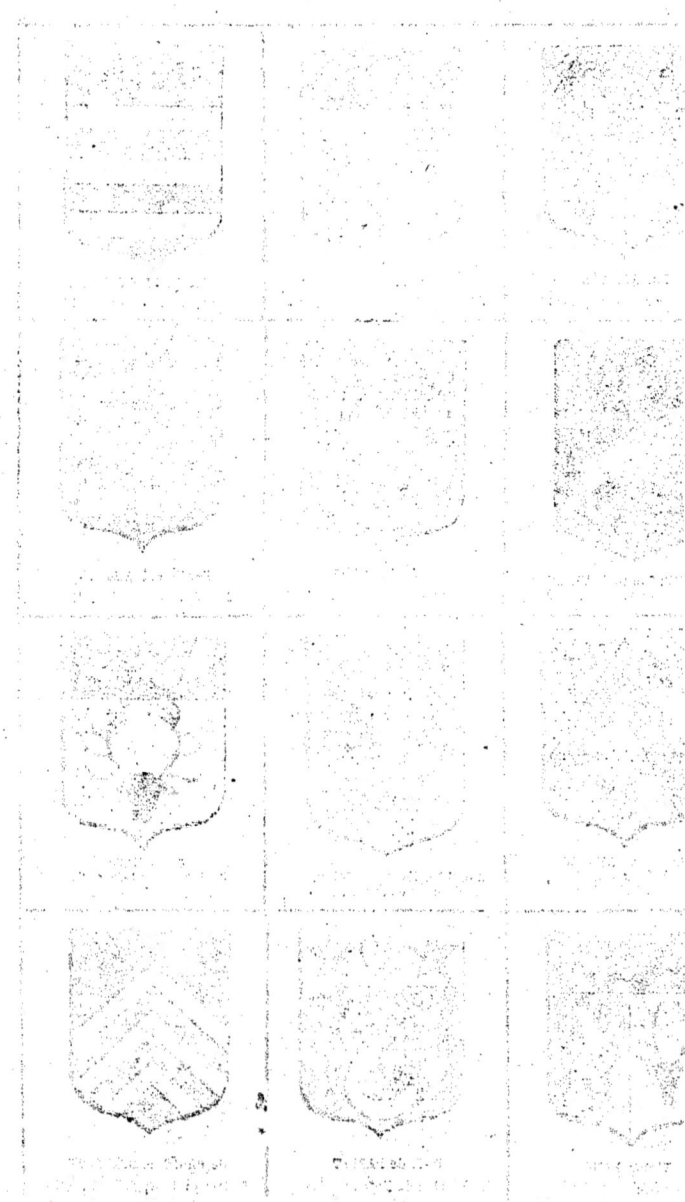

de BERLUC-PERUSSIS
Substitut du Procureur du Roi, 1830

BERNARD-d'ATTANOUX Henri
Docteur en Droit, Substitut, 1872

BLANC Augustin
Juge au Tribunal de 1re Instance,
1828

de BLEGIER de PIERREGROSSE
Juge au Tribunal de 1re Instance,
1809

de BONNECORSE
Substitut du Procureur Impérial,
1853

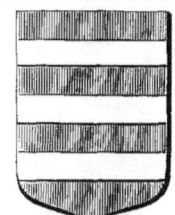

de BONIFACE de POMBETON
Premier Consul de Sisteron, 1771

BONTOUX Édouard
Juge de Paix du Canton de Noyers
1870

BOUTEILLE, Avocat, Député,
Sénateur des Basses-Alpes, 1890

Général Baron BREISSAND
1813

de BURLE
Député à la Constituante de 1789,
1823

W. CHABAS-ALLIEY
Juge d'Instruction au Tribunal
de Sisteron, 1876

CHABUS, Avoué,
Conseiller d'Arrondissement, 1830

CHANDRE
Juge de Paix du Canton de Noyers,
1832

CHAUVET
Notaire, Maire de Noyers, 1818

CHAPPUS
Juge au Tribunal de District,
1795

Docteur **CIVATTE**
Maire de Sisteron, 1850

COUGOURDAN, Notaire,
Conseiller Général, 1865

DEMANDOLS, Président
du Tribunal de 1re Instance, 1889

d'ESPERANDIEU
Substitut du Procureur Impérial,
1852

ESTAYS
Ancien Magistrat, Avocat, Avoué,
1884

d'EYMAR du BIGNOSC
Député à la Constituante de 1789,
1789

EYSSERIC, Président du Tribunal
de 1re Instance, Conseiller Général,
1852

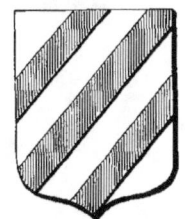

FABRE, Juge au Tribunal Civil des
B.-Alpes, Greffier au Tribunal
de 1re Instance de Sisteron, 1800

Conseiller **de FONVERT**, Président
du Tribunal de 1re Instance
de Sisteron, 1828

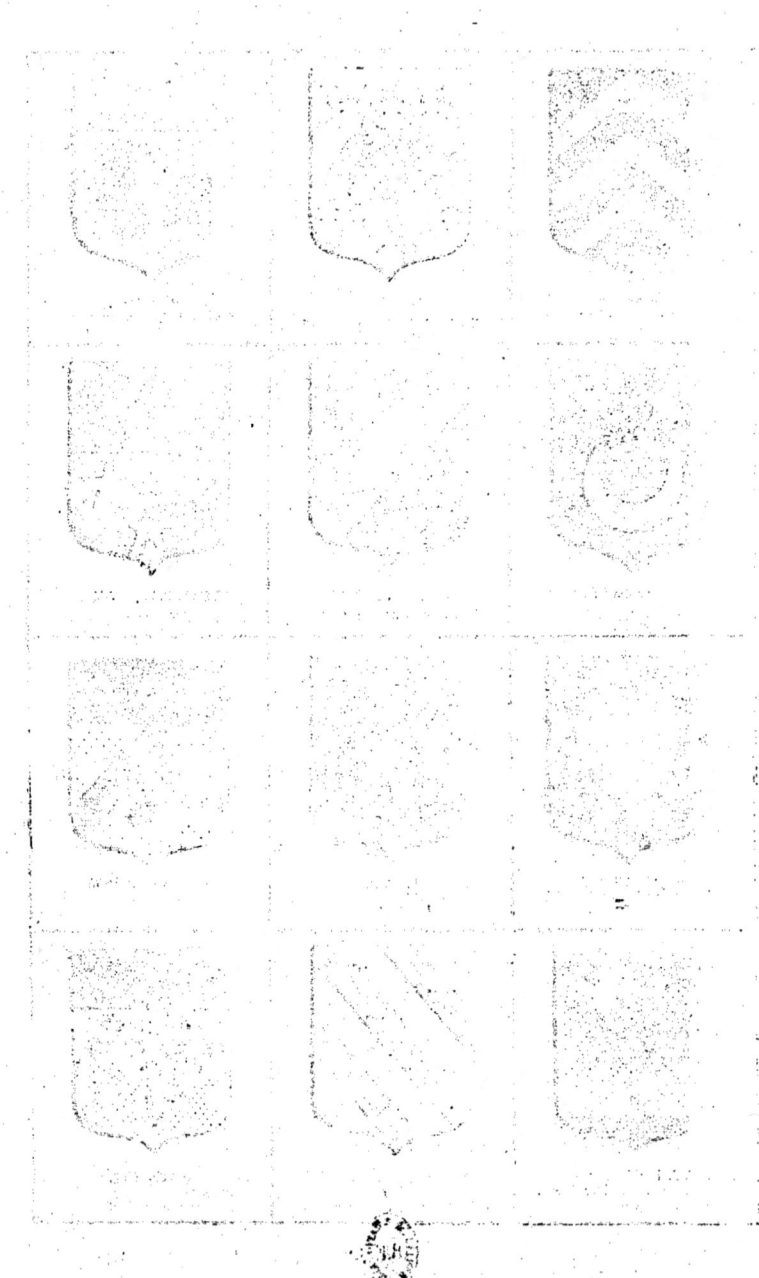

Président de FORTIS
Juge d'Instruction, 1827

GEY, Juge au Tribunal
de 1re Instance de Sisteron, 1888

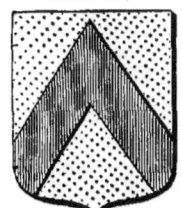

Président GIRAUD
Juge d'Instruction, 1829

HODOUL, Juge
au Tribunal de District, 1792

IMBERT, Juge au Tribunal
Civil des Basses-Alpes, An V

JOURDAN, Notaire, Maire de
Noyers, Président du Conseil
d'Arrondissement, 1881

LAUGIER, Conseiller au Siège de la
Sénéchaussée de Sisteron, Juge
de Paix, 1791

LAZERME, Procureur Impérial
près le Tribunal de Sisteron, 1853

LIEUTAUD
Notaire, 1896

MACHEMIN, Maire de Sisteron,
Conseiller Général, Juge de Paix,
1845

de MALIJAI
Inspecteur des Douanes, 1829

MARCY Jules
Avocat, 1893

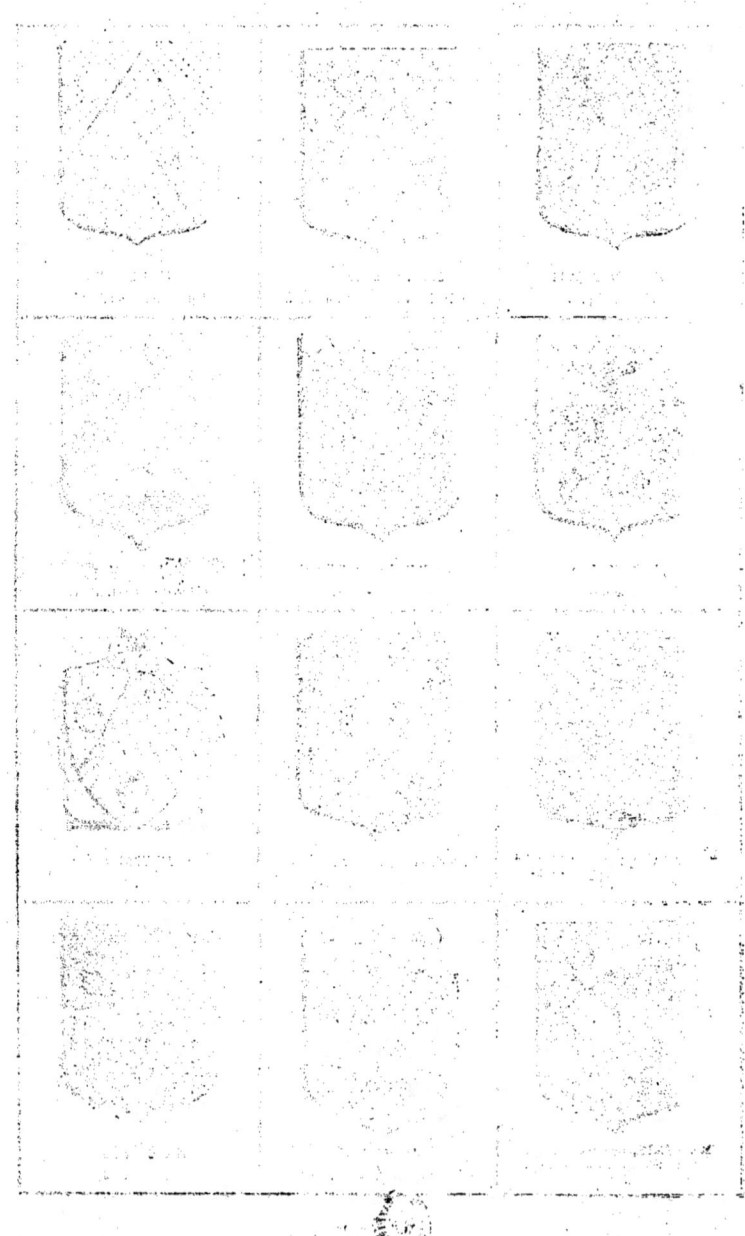

MASSOT, Notaire, Suppléant
du Juge de Paix de La Motte, 1806

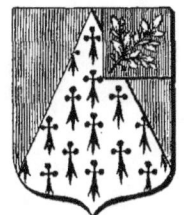

Baron **MEVOLHON**, Député
à la Constituante de 1789, 1790

de **MIEULLE**, Député
des Basses-Alpes, 1827

Conseiller **T. de MIRAVAIL**
Substitut du Procureur du Roi,
1832

Conseiller **de MOUGINS de
ROQUEFORT**, Dr en Droit, Substitut
du Procureur du Roi, 1847

NOGUIER DE MALIJAI
Inspecteur des Douanes, 1825

L'OLLIVIER, marquis de BONNE
Maire et 1er Consul de Sisteron
1717

PAUCHON, Consul et Juge de Paix
du Canton de Claret, An VIII

PELLEGRIN du VIRAIL
Directeur des Contributions Directes
1845

FALQUET de PLANTA
Substitut du Procureur du Roi
1833

PLAUCHE, Maire de Sisteron,
Receveur Particulier des Finances,
1820

Conseiller **PONTIER**, Dr en Droit,
Procureur de la République, 1875

PROVANSAL, Juge de Paix
du Canton de Sisteron, 1860

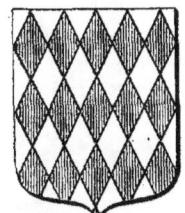

GRIMALDI de REGUSSE
Substitut du Procureur du Roi,
1825

REMUSAT Auguste, Président
du Tribunal de Forcalquier, 1875

ROCHEBRUNE, Juge au
Tribunal de District, 1792

ROLLAND, Procureur de la
Commune, Greffier du Tribunal de
1re Instance, 1793

ROMAN Hippolyte
Docteur en Droit, Procureur du Roi,
1846

ROMAN Lucien, Président du
Tribunal de 1re Instance, 1894

Contre Amiral
Baron de SAIZIEU, 1813

Baron de SALAMON, Directeur
des Contributions Indirectes,
Maire de Thèze, 1835

SOLLIERS, Président du Directoire
de District, Juge au Tribunal Civil
des Basses-Alpes, 1792

de SUSINI, Juge de Paix
du Canton de La Motte, 1897

TARDIEU de l'ARBOUSE, Juge
de Paix du Canton de Sisteron,
1874

TARDIEU de BERLE
Inspecteur des Pharmacies,
Premier Suppléant du Juge de Paix, 1885

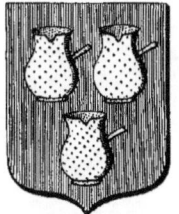

TOPPIN, Notaire,
Juge de Paix du Canton de V.-Jonne, 1830

de TOURNADRE
Substitut du Procureur Impérial, 1863

TOURNU de VENTAVON
Sénateur des Hautes-Alpes, 1880

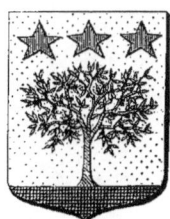

Achevé d'Imprimer
Le 4 Décembre 1905
Tiré à Cent Trente Exemplaires
Cent sur papier à la forme des manufactures d'Arches
Trente sur papier velin

Blasons gravés
par
TH. VABRE

Imprimé
par
Abel ALLEMAND
sur Presse à pédale

Précédemment publiés comme contributions à l'Histoire de Sisteron et de son Arrondissement :

Les Tribunaux de Sisteron, leur personnel, de 1790 à 1900, suivi d'un essai de reconstitution de l'Ancienne Sénéchaussée (1638 - 1790). — Sisteron, Allemand fils, g^d in-8°, 261 pages. — 1900.

Le Tribunal de Première Instance de Sisteron, son personnel, de 1800 à 1900, *extrait des Tribunaux*, 161 pages. — 1900.

Les Justices de Paix des District et Arrondissement de Sisteron, leur personnel, 1790, an X, 1900. — Sisteron, Allemand fils, g^d in-8°, 229 pages. — 1902.

La Caisse d'Épargne de Sisteron et son personnel. — Sisteron, Allemand fils, in-8°, 101 pages. — 1902.

Armorial de la Sénéchaussée de Sisteron, *extrait de l'Armorial général de France*. — Sisteron, Allemand fils, g^d in-8° avec blasons, 221 pages. — 1905.